大正あやかし契約婚
～帝都もののけ屋敷と異能の花嫁～

湊 祥 Sho Minato

アルファポリス文庫

https://www.alphapolis.co.jp/

プロローグ　乙女の記憶

退屈で、灰色に染まった日々だった。

帝都の片隅で、このまま色のない日々を送って、自分は一生を終えるのだろう。

自身の人生に、志乃《しの》は夢も希望も抱いていなかった。そんなことに思考を巡らせる隙すらないほど、暗澹《あんたん》たる生活を送っていたのだった。

しかし――

「君と結婚したいのだが」

志乃に突如求婚してきたのは、名家のひとり息子で、絶世の美男子である橘《たちばな》桜虎《おうこ》。

なぜ、両親もいないうえに大して美しくもない自分が、こんな夜空に輝く一番星のように眩《まばゆ》い男性に、結婚を申し込まれているのだろうか。

困惑する志乃だったが、桜虎は端正な顔で小さく微笑んだ。

「俺と結婚してくれ。俺は君でなくてはダメなのだ」

そう囁くと、桜虎は志乃の肩に手を置いた。
手から感じられた彼の体温が、やけに温かい。
生まれて初めて感じた、優しく甘美な感触だった。
その温もりは、生涯忘れない記憶として志乃の中に刻み込まれたのだった。
これは、愛を知らない乙女が、この世のものとは思えぬほどの深い愛に満たされる話。

第一章　乙女は突然求婚される

午後を少し回った時だった。

この時間帯になると、洗濯・掃除・炊事と朝からせわしなく働いていた志乃の体にも疲労が溜まってくるのが常だ。

昼休憩で一息つけば少しは回復するはずだが、「これが終わったら昼餉《ひるげ》を取っていいから」とニヤついた女中に申しつけられた廊下の雑巾がけは、まだまだまったく終わりが見えない。

だけど適当に切り上げてしまったことが明るみに出れば、後からもっとひどい目に遭う。

さあ丁寧に、しかし手早く終わらせよう。

……と、小さく気合を入れた志乃が、馬穴《バケツ》に入れた水で雑巾を固く絞っていると。

「ちょっと志乃！」

甲高い耳障りな女の声が、廊下の端から響いてきた。ドタドタという、伯爵令嬢にしては品のない足音とともに。

志乃は密かに嘆息する。どうやら、昼休憩は想定よりも大幅に遅れることになりそうだ。

「なんですか？」

つかつかと志乃の元へとやってきた貴子《たかこ》に、志乃は微笑んで尋ねる。

貴子に対しては、できるだけ怯懦《きょうだ》な顔は見せないようにしている。ささやかな抵抗であった。

「私の部屋に髪の毛が落ちてるじゃないのっ。あんたって子は、ろくに掃除もできないの⁉」

貴子はただでさえ吊っている目をさらに吊り上げ、志乃を責め立てるように怒鳴りつける。

艶やかな紅色の着物を身にまとい、髪型は流行の耳隠し。

吊り目で品のある面立ちの美人だが、普段から虐げられている志乃にとっては意地の悪い顔にしか感じられない。

一方、志乃は童顔で平凡な顔立ちをしていた。高くも低くもない鼻に、子供のように小さな唇。瞳こそ「クリッとしていて愛らしいね」と、遠い昔誰かに言われた覚えがあるが、自分で鏡で見ても特に魅力的とは思えない。

一応、貴子と志乃は同じ九条《くじょう》姓であり、再従姉妹《はとこ》という間柄にある。だが、幼い頃に志乃は火事で両親を失い、親戚内で押し問答があった末、貴子の両親に引き取られることになった。

それから十年来、貴子からは隙あらば虐げられている。

貴子の両親は表立って志乃をいじめることはなかった。しかし引き取った志乃を女中同然に扱い、娘の行動を黙認している。その顔からは「身寄りのないお前を引き取ってやったんだ、有り難く思え」という傲慢な感情が透けて見えるようだった。

「はあ。さようでございましたか。それは申し訳ございませんでした」

――掃除したのは朝だし、昼にもなれば髪の毛の一本くらい落ちているのは仕方ないと思うけど。

……なんて、胸の内では反論しながらも笑顔で頭を下げる。

正論を吐いたところで、怒鳴られる時間が長くなるだけ。

素直に謝るのが、もっとも早く貴子の言いがかりを終わらせる方法だと身に染みて知っていた。

しかし今日の貴子はすこぶる機嫌が悪そうだ。昨日、「貴子さん、先日の夜会でもあまり殿方に声をかけられなかったそうよ」と女中たちが噂していたのが関係あるのかもしれない。

「ふんっ！　あんたのことだからどうせ廊下の雑巾がけだって、ちゃんとできてないのでしょう！」

とんだ言いがかりをつけながら、貴子は志乃の足元に置かれていた馬穴《バケツ》を足でひっくり返した。

濁った雑巾の絞り水が廊下にみるみるうちに広がっていく。

「これをきれいにふき取れば、少しは廊下もきれいになるでしょうよ！　さっさとやりなさいよっ」

そう言いつけると、貴子はまた足音を立てながら廊下を歩いて行った。

——あーあ、お昼ご飯食べるの、今日は遅くなってしまいそうね……

肩をすくめながら、ため息をつく志乃。貴子の理不尽な仕打ちにはもう慣れ切っていて、別段腹を立てることもない。

深く考えずに、とにかく言いつけられたことをこなすしか道はない。

「……あら。志乃さん、またやられてるわ」

「かわいそうにねえ、本当は良家の娘だっていうのに」

少し離れた場所から、年嵩《としかさ》の女中たちがそんな会話をしているのが耳に入ってきた。

しかし彼女らは皆薄ら笑いを浮かべていて、決して志乃に同情しているわけではない。

志乃がこの屋敷に身を置くようになってからというもの、気の強い貴子の矛先は全て志乃に向けられるようになった。

よって、女中たちのほとんどは志乃の存在をとても快く思っている。自分たちの盾として。そして、安心して仕事を押しつけられる相手として。

そんな女中たちの冷笑と嘲りも、毎日のこと。

だがしかし、図太い方だとはいえ志乃も人間だ。

屋敷の者たちからの毎日の仕打ちに、まったく心に傷がついていないと言ったら嘘になる。

――だけど大丈夫。私には、大切な友達がいるもの。

言いつけられた雑巾がけをてきぱきと終えた志乃は、今度こそ昼休憩に出た。他の女中たちはとっくに昼餉《ひるげ》を終えている。割れ目が入ってしまって廃棄予定だった二段の重箱に残り飯を隙間なく詰めると、屋敷の外へ出た。

向かう先は、九条邸の敷地の隅にポツンと建っている、古びた蔵。

漆塗りの瓦屋根は今にも落ちてきそうだが、屋敷の者はこの蔵の存在すら忘れているのか、修繕の話などは出ていない。

立てつけの悪い引き戸を力を込めて引き、中へ入ると、志乃は先ほど貴子に見せたものとは違う、満面の笑みを浮かべてこう言った。

「柳《やなぎ》、麗羅《れいら》。ごめんなさいね、遅くなって」

志乃の声に呼ばれるように、倉の奥からごそごそと物音がする。

まず先に出てきたのは、白猫だった。

しかしただの猫ではなく、二本の足で立って歩き、ふさふさの尻尾は二又に割れている。猫又《ねこまた》という名のあやかしの、柳だ。

そして次に姿を見せたのは、妖艶な妙齢の女性だった。

蔵の奥に敷いた畳の上でうたた寝でもしていたのか、垂らした緑の黒髪には少し癖がついている。

身にまとった紺の浴衣も胸元がはだけていて、底知れない色気を醸し出しているが、白い胸からは骨が透けて見えていた。

彼女――麗羅は、骨女《ほねおんな》というあやかしであるため、肌を透かして骨が視認できる状態が通常なのだった。

「ほんと、遅かったにゃあ志乃」

のんびりとした口調で柳が言う。かわいらしい鼻をひくひくと動かしていた。きっと志乃の持ってくる昼餉《ひるげ》を心待ちにしていたのだろう。

「またあの貴子っていう、性悪女にいじめられたのかい?」

外見に相応しく、気だるげで艶のある声で麗羅が尋ねてきた。

眉間に皺《しわ》を寄せて不愛想な表情をしているのも、ますます物憂げな色香を濃くしていた。

「あはは、そうね。まあでも慣れっこだから」

苦笑を浮かべて志乃は答える。

柳と麗羅と話をしていると、屋敷での仕打ちで負った傷が少しずつ癒されていくのだ。

──ふたりは、人ならざる者であるあやかし。

近代化の進んだ大正のこの世では、彼らはお伽話の中だけの存在だと信じられている。

しかし、実際にはあやかしは、人間社会のあらゆる場所に存在していた。

栄えている宿には座敷童《ざしきわらし》、清掃の行き届いていない浴場にはあかなめ、黄昏時の空には一反木綿《いったんもめん》……。

物心ついた頃から、志乃はそんな多種多様なあやかしたちを当たり前のように見かけていた。

しかし、ほぼ大多数の人間は、あやかしを見ることができないのだった。

あやかしたちの話によると、江戸以前はほとんどの人間があやかしを視認できていた。しかし、人間の技術が発展し、非科学的なものが否定されるようになってきた明治以降、どんどんあやかしが見える人間が減っていったのだという。

日照りや洪水といった自然災害は、あやかしの怒りや恨みによって発生するものだと信じられていた時代には、我々は恐れ敬われる存在だったというのに……と、人ならざる者に対して畏怖の念を失った人間たちを嘆くあやかしも多いらしい。

人間たちに忘れられかけている大正のあやかしの大半は、時には人間に化け、人間社会にひっそりと溶け込み、穏やかに暮らしていた。

それがもっとも一般的な昨今のあやかしたちの生き方だった。

幼い頃に亡くなった両親もあやかしが見える人たちだった覚えがあるが、その他に自分と同じ能力を持つ者を見たことはなかった。今もあやかしと共に生きる志乃は、前時代的な人間ともいえる。

――私みたいなのは、本当に少数派なんだろうな。まあ、こんな能力、説明しても信じてもらえないだろうから、隠している人が多いのだろうけど。

かくいう志乃も、この能力については誰にも打ち明けていない。貴子なんかに話せば最後、「志乃が頓珍漢《とんちんかん》なことを言っている！　座敷牢に入れてちょうだい！」などと騒ぎを起こされることは目に見えている。

「まったくあの小娘ときたら！　志乃はあたしたちのことが見える、選ばれし存在だってのにさー」

長い髪を指で弄びながら、不機嫌そうに麗羅は言う。

彼女の言う通り、あやかしが見える人間は、「ちょっとすごい奴」とあやかしに一目置かれる場合が多い。

通りすがりのあやかしに「おっ。お嬢ちゃんおいらが見えるのかい？　粋だねえ」などと気さくに声をかけられたことは、今までに何度もあった。

人から虐げられるばかりで、認められることなどなかった志乃にとっては、自分を認めてくれるあやかしたちに、くすぐったいような不思議な気持ちを覚えていた。

あやかしたちは、志乃がどんな立場で、どんな目に遭っているかを知らない。例え知っていたとしても、人間同士のいざこざなど彼らは興味がない。どんな時も気安くちょっかいを出してくるあやかしたちから、志乃は間違いなく安らぎを享受していたのだった。

ちなみに柳も麗羅も、もともとこの倉に住み着いていたあやかしではない。

柳は怪我をして九条邸に迷い込んでいた時に志乃が手当てをしたら懐かれて、この蔵に住み着くようになった。

麗羅も同じような流れで、彼女が人間に化けて飲み処で大酒を呷《あお》った後泥酔し、この屋敷の前で行き倒れていたところを志乃が介抱し……という経緯でここに居ついている。

志乃は、困っているあやかしを見かけると放っておけない性分なのだ。自分だって、あやかしに助けられているのだから。

志乃が持ってきた重箱を床に広げると、早速柳が大きな瞳を輝かせて、箸を取った。肉球しかない手のひらだというのに、器用に箸を持つなあといつも志乃は感心してしまう。

「たけのこご飯おいしいにゃあ。おっ、牛蒡《ごぼう》のオランダ煮もあるにゃ〜」

「ちょっと柳！　あんた食べ過ぎだよっ。ちゃんと志乃とあたしの分も残しといてよね⁉」

「はいはい、分かってるよーだ」

ふたりのいつものやり取りに微笑ましさを覚え、志乃は頬を緩める。

種族にもよるが、大抵のあやかしは人間とは体の構造がまったく違って、食物を摂らなくても生きていくうえで支障はない。

だが、他の女中と昼時くらいは顔を合わせたくない志乃がこの蔵で昼食を取っていたら、麗羅と柳も一緒に人の食事を味わうようになったのだ。

ふたりとも「自分たちは食いしん坊だから」などと言っていたが、きっと自分に付き合ってくれているのだと志乃は思っている。

志乃も柳と麗羅の間に入り、箸を持ってたけのこご飯をつまんだ。冷めきった残り物でも、ふたりと一緒に食べれば美味に感じられる。

「午後の仕事のためにもしっかり食べなきゃね」

「うん、頑張ってにゃ〜志乃」

「あんまりひどい目に遭わされたらあたしに言うんだよ？　……懲らしめてやるんだから」

以前、志乃が真冬に冷水を浴びせられた時には麗羅が激怒して、夜中に貴子の部屋に脅かしに行ったことがあった。妖術を使えば、一時的にあやかしが見えない人間にも姿が見えるようになるのだ。

正直、「今、そこに化物がっ！」と怯える貴子には小気味良い感情を覚えてしまったが、あまり騒ぎを起こすのは得策ではない。

――ふたりが九条邸の蔵に住んでることがバレたら、追い出されちゃうかもしれないしね。

自分を思っての麗羅の行動はもちろん有り難く思ったが、それ以来は遠慮してもらっている。

「麗羅、いつもありがとう。でも私は大丈夫だからね」

「そうかい？　あまり無理するんじゃないよ」

不安げに自分を見つめてくる麗羅。彼女が心から自分を案じてくれているのが感じられる。

志乃にとってはそれだけで十分だった。

自分を慮《おもんぱか》ってくれる存在がいると思えば、貴子からの理不尽な扱いも受け流すことができる。

昔話のあやかしは、総じて恐ろしいものとして描写されていることが多い。しかし志乃にとっては心優しく、温かい存在だ。

人間だから、あやかしだからとかで、相手のことを勝手に色眼鏡で見るのは愚かなことなのだろうと志乃は思う。貴子の方が、志乃にとってはよっぽどおどろおどろしい存在なのだから。

それからしばらく、麗羅と柳と和やかに昼食を楽しみ、志乃は屋敷へと戻った。


その日の夜。

貴子の両親は得意先との会食で不在だった。ひとり夕食を取る貴子の傍らについて給仕を行っていた時のこと。

「なんですってっ？　橘家から⁉」

女中のひとりから「橘家より夜会にご招待されました」と告げられると、貴子は食事をする手を止めて立ち上がった。

――貴子さん、また夜会に行くつもりなのね。ついこの前も行っていた気がするけれど。

殿方にはあまり声をかけられず空振りだったらしいが、懲りもせずによく行くな、と志乃は内心思う。

志乃の二つ上の貴子も二十歳になり結婚適齢期だ。一刻も早く嫁ぎたいという希望が、常日頃からひしひしと伝わってくる。

見目麗しいいし、家柄も申し分ない貴子だが、何度か行われたらしい見合いも失敗続きだ。

きっと彼女の気性の荒さを見合いの席で男性が感じ取ったのだろう……と志乃は密かに思っている。

「最高級のドレスを仕立てて行かなくてはねっ。だって橘家ですもの！」

瞳をキラキラさせて貴子は声を張り上げる。

侯爵家である橘家の当主は、「帝国の勝利王」というふたつ名を持つ、常勝無敗の陸軍大佐だと聞いたことがある。その息子は絶世の美男子で、成人しているがいまだに独身だということも。

そこまで華族事情に明るくない志乃ですら知っているのだから、大層な名家なのだろう。

しかし、その橘家からの招待状が来たというのに、使用人は浮かない顔をしてこう言った。

「ですがお嬢さま。橘家には不可解な噂も多くございまして……。ご存知でいらっしゃいますか?」

「ええ。屋敷の使用人が頻繁に行方知れずになるとか、ご子息の婚約者候補になった方が立て続けに体調を崩して破談になっただとか? 有名な噂だもの、もちろん聞いたことはあるわよ」

あっさりと貴子は言うが、とても物騒な話ではないか、と志乃は眉をひそめてしまった。

「左様でございますか。立場をわきまえず、さしでがましいことを申し上げますが、少々危険なのではないかと……。旦那さまと奥さまは、夜会のご出席については貴子さまのご判断にお任せするとおっしゃっていましたが」

貴子の両親も橘家の噂については承知しているのだろう。

安全とは言い難い相手の誘いをはっきりと断らないのは、名家である橘家と繋がりを持ちたいという本音があるからだ。しかしやはりひとり娘の身は心配だし……という葛藤から、当の貴子に判断を委ねたに違いない。

「まあ、噂はいろいろあるけれど、しょせん噂よ。そんなの愛があれば乗り越えられるはずよ!」

少女小説のヒロインのようなことをのたまう貴子。

――貴子さんは美男子が好物だものね。あやしい噂なんてものともしないのだろうな。

志乃は密かに呆れた目で貴子を見る。

しかし、うるさい貴子が出かけてくれるのは好都合だ。それに、夜会で貴子が結婚相手を見つけてくれればなおのこと有り難い。そうすればこの屋敷を出て行ってくれるはずだから、志乃の日常ももう少し穏やかになるだろう。

――橘のご子息が貴子さんの見た目に騙されてくれますように。

と、志乃が心の底からそんなことを祈っていると。

「でも最近の夜会では私の魅力に気づいてくれる殿方が少ないのよね……。あまり声をかけられなくて。一体私の何が悪いのかしら」

大層真剣そうに考え始める貴子。

――いえ、きっとあなたの本性……もとい「魅力」に男性たちが聡く気づいたから、ふるわなかっただけよ。

もちろん、そんな真理に気づいていることは志乃はおくびにも出さず、冷めた茶を煎れ直す。

――すると。

「そうだわ！　志乃を連れて行って、私の引き立て役にすればいいじゃないっ」

意気揚々と放たれた貴子の言葉に、志乃は硬直する。

一体何を言い出したのかと、一瞬意味が分からなかった。

夜会なんて自分には関係ない。むしろその日は貴子が屋敷を不在にするから楽だな、くらいにしか考えていなかったというのに。

「……貴子さん。今なんと？」

恐る恐る尋ねると、貴子はふんぞり返って志乃を眺めた。

「だから、あんたも私と一緒に夜会に行くのよ。あんたには地味なドレスを着せて野暮ったい髪型をさせて、私の引き立て役にすれば、私がより一層美しく見えるじゃない？」

「え……。いえ、貴子さんは私など隣に置かなくても十分お美しいですよ」

面倒極まりない貴子の作戦に乗りたくない志乃は、適当に褒めてなんとか考えを改めてもらおうとそう言った。

だが、しかし。

「そんなの今さらあんたに言われなくたって分かり切ってるわよっ！　でもやれるだけのことはやっておきたいの。そうね、こんなのはどうかしら？　両親を失ったかわいそうで惨めな志乃に、本当の姉妹のように優しくしている私……これを前面に押し出せば、きっと橘のご子息は私の魅力に気づくはずよ！」

——本当の姉妹のように優しく……？

遠縁の自分に衣食住を与えてくれた貴子の両親には、相応の感謝の念はある。

しかし貴子に優しくされたことなど、しつこく思い返しても一度たりとも思い浮かばない……。

それどころか、食べ飽きたお菓子を「食べれば？」と投げつけてきたことや、着古して穴が空き、ボロ布と化した洋服を押しつけてきた場面が思い出され、志乃は心底うんざりした。

もしかして、それだけで彼女は「本当の姉妹のように」志乃に優しくしたつもりなのだろうか。

だとしたらなんと恐ろしい。恐ろしすぎる。

——橘のご子息さま、どうかお逃げください。

心の底から不安を抱く志乃だったが、自分は貴子に逆らえる立場ではない。

結局彼女の提案通り、志乃は橘家主催の夜会に同行することになってしまったのだった。

ひらひらとしたワンピースの裾が重い。いつもは邪魔にならないように適当にひとつに結っている髪は櫛で梳かされ、さらりと下ろしている。

しかし志乃にとっては、それらが邪魔で邪魔で仕方がなかった。

夜会当日。貴子の気は変わらず、無理やり橘邸へと連行された。

モダンで洋風な鉄の門構えはほれぼれするほど立派だったし、最先端の洋装で着飾った他の出席者たちは確かに麗しかったが、「早く帰りたい」という思いはまったく覆らない。

「ちょっと志乃、ぼんやりしないでよ。相変わらず間抜け面ねえ」

気だるげな表情をしていたのを貴子に見られてしまったようで、しかめ面で釘を刺してくる。

彼女がまとう、提灯袖の煌びやかな深紅のドレスが眩《まばゆ》い。しかしいささか眩《まばゆ》すぎて、目がくらみそうだ。

派手な夜会巻に挿さった、宝石が散りばめられた大きな髪飾りは大層重そうで、貴子の首凝りを心配してしまう。

貴子が妹のように優しく接している、という設定上不都合がないようにか、一応志乃も正装させられてはいる。

しかしワンピースの色は米俵のような地味な薄茶色だし、髪も対面した人に不快感を与えない程度に、最低限整えただけ。

——引き立て役とはいえ、落差がありすぎじゃないのかしら。

別に着飾りたいというわけではないが、「優しく接している妹」に対して、お金をかけなすぎではないだろうか。鋭い男性は貴子の杜撰《ずさん》な作戦など見破ってしまうだろう。

まあ、そうなったらそうなったで志乃は別に構わない。

作戦が思い通りにいかなかった貴子に当たられるのは難儀だが、それも日常茶飯事だし。

「それじゃ行くわよ。引き立て役しっかりやってよね？　あんたが私の役に立てる機会なんてそうそうないんだから、光栄に思いなさいよ！」

ドレスの裾をばさりと翻しながら、相変わらず高飛車な物言いをする。

すでに周囲に出席者がたくさんいるのだから、あまりそういうことを言わない方がいいのに……と思ったけれど、余計なことはもちろん口にしない。

そして胸を張って門をくぐる貴子に付き従うように、志乃が橘邸の敷地に足を踏み入れると。

——あれ？　この雰囲気は……。

橘邸の門の中と外では、漂う空気がまるで違っていた。

人ならざる者——あやかしが発していると思われる、得体の知れないどこか不気味な気配が感じられた。

日頃からあやかしと関わっている志乃にとっては嗅ぎなれた匂いだったし、あやかしに偏見の目は一切持っていないため、恐れはまったく生まれなかった。

屋敷のどこか、ひょっとしたら夜会の招待客として、人間に化けたあやかしが潜り込んでいるのかもしれない。

——そういえば橘家には使用人が頻繁に行方不明になるとか、ご子息の婚約が立て続けに破談になるとか、不穏な噂があるんだったわね。

志乃はふと思い出した。

もし、それらにあやかしが絡んでいるとしたら。橘家は噂通りの——いや、噂以上に普通ではない一族ということになる。

——そうだとしたら、貴子さんの手には負えないだろうなあ。ああ、すごく残念だわ。

もともと失敗続きの貴子の結婚相手探しが今回もうまくいくとは思っていなかったが、可能性がさらに低くなってしまったかもしれないことに、志乃は心底がっかりした。

赤レンガの立派な橘邸の内部は、西洋から輸入したらしきたくさんの彫刻品や絵画で豪華絢爛《ごうかけんらん》に彩られていた。

赤絨毯《じゅうたん》が整然と敷かれた螺旋階段を上ると、大広間を煌びやかなシャンデリアが煌々と照らしている。

最高級品と思われるドレスや装飾品をまとった令嬢たちが、漆黒の燕尾服《えんび》の男性と優雅にダンスをたしなんでいた。

「まあ……。出席者が多いのね。この中でどれだけ、橘さまとの婚約を狙っている令嬢がいるのかしら」

美しく着飾った淑女たちの多さに、貴子は不機嫌そうに言う。

「少し派手なんじゃないかしら」と志乃が感じていた貴子の装いだったが、この大広間では別段目立つわけでもない。

他の令嬢たちも惜しみなく派手派手しい衣装に身を包んでいるためだ。

もっと目立つ衣裳を用意すればよかった……と貴子は臍《ほぞ》を噛んでいる様子だ。

一方、装飾品には縁がないうえに、そこまで興味もない志乃にとっては、目がちかちかしてしまう光景だった。

ますます、早く帰宅して麗羅と柳に愚痴りたいという欲が増す。

しかしもちろんそんなことが叶うはずもない。

声をかけてきた男性と笑みを貼り付けて歓談したり、一曲踊ったりする貴子の傍らで、小一時間ぼんやりと突っ立っていた。

「ええ……。志乃は両親を幼い頃に亡くしていまして……」

話しかけてきた男性に、自分の横に立つ志乃のことを問われた貴子は、大袈裟に切なそうな顔をして言った。

「それは……お気の毒でございましたね」

「そうですの。とてもかわいそうなので、遠縁だった私の両親が引き取りまして。それからは実の妹のように思って、志乃をかわいがっておりますわ」

「それはそれは。貴子さんはとてもお優しいのですね」

そんな会話を、すでに何人もの男性と繰り広げている貴子。志乃は曖昧に微笑んで相槌を打つことしかできない。

夜会に招待された男性は皆それなりの家柄であるはず。

貴子にとっての本命は橘家のご子息だが、他の男性からの求婚を受けるのもやぶさかではない。

橘のひとり息子は、きりりと正装をした男性たちの中にいても一際目立っていたため、すぐに志乃にも分かった。

茶色がかった短髪は、日本人には珍しい色だった。

切れ長の瞳に、すっと通った鼻梁の端正な顔は、まるで西洋の彫刻のように美しい。

また、燕尾《えんび》服だらけの男性の中で、唯一黒い着物に袴を組み合わせており、それが長身の彼にはよく似合っていたため、より目を引いた。

さらに、彼が近くに来ると周囲の女性たちが「あれが橘桜虎さまよ……！」「なんと凛々しい」と、恍惚とした表情でざわつくのだ。

橘の息子のことなど興味のなかった志乃でも、思わず目を向けてしまった。

しかし注目の的である橘桜虎は、あまり女性と親しそうにしている様子はなかった。

繋がりがあるらしい男性と軽く挨拶をしている光景ばかりだ。

ほとんど無表情で、冷淡な印象すら受ける。

令嬢たちの熱視線に気づいているのかいないのか、ひょうひょうと用事だけこなしているふうだった。

「桜虎さまとお話ししたいのにっ。全然こちらを見てくださらないわ！」

桜虎のその様子に、貴子は地団太を踏む。

夜会で女性の方から男性に声をかけるわけにはいかないから、ただ向こうからやって来るのを待つしかないのだ。

しかし桜虎の目に留まるように、近寄っては流し目で求愛している貴子だったが、まったく手ごたえはない様子だ。

彼がちらりと一瞬貴子を見た時もあったが、すぐに目を逸らしてしまった。

その時、桜虎と一瞬、視線が絡んだ。

大きな茶褐色の瞳には、深い光が宿っている。しかし感情はまったく読めず、冷淡な印象しか受けない。

──確かに皆が騒ぐほどの美男だけど、冷たそうな人ね。結婚しても大切にしてくれないんじゃないかしら。

なんて、自分とはまったく世界の違う人間だからこそ、野次馬気分でそんな感想を抱く。

しかしそれにしても退屈だ。いつまでここにいなければならないのだろう。

肝心の桜虎は、貴子はおろか他の女性にも興味がなさそうだし、他の男性だって貴子に目をつけている様子はない。

これ以上この場にいても時間の無駄ではないのか。あくびが出そうになるほど、つまらない。

──そうだ。いったん厠《かわや》に行こう。

「貴子さん。ちょっとお手洗いに行って参ります」

少しでも息抜きしようと、思いついてすぐ志乃は申し出た。

するとただでさえ不機嫌そうな貴子は、目を剥いて怒鳴るようにこう答えた。

「早く帰って来なさいよ！　あんたは引き立て役なんだからねっ。まったく、もうちょっと役に立ってよね！」

いつものことなので動じずに「はい」と答える志乃だったが、近くにいた男性が貴子の苛烈な様子にぎょっとした顔をしていた。

——貴子さん、もうちょっと本性を隠さないと、ますます婚期が遅れてしまいます……

呆れながら思うも、もちろん言わずに志乃は大広間を出た。

そして化粧室でこれでもかというくらいのんびり過ごした後、やはりゆったりと廊下を歩む。

——どうせ貴子さんの機嫌が悪いことには変わりないんだから、できるだけゆっくり戻ろう。

廊下に張られた窓ガラスの外には、西洋風の広めの縁側が見えた。

外の空気を吸ったらもっと気分が晴れるかもと思った志乃は、掃き出し窓を開けて外に出る。

大広間から漏れ聞こえる音楽や歓談の声が夜の闇に溶け込んでいった。夜風が気持ちよく、安堵のため息をつく。

——だけどそろそろ戻らないと、さすがにまずいかな。あー、でもまだ戻りたくないわね。

少し夜の空気を味わいながら、屋内に戻ろうか戻るまいか迷っていた志乃だったが。

「あいたた！」

不意に縁側の隅から少年のような声が聞こえてきた。

誰もいなかったはずだけど、と驚いた志乃が声のした方に視線を向けると、そこにいたのはかわいらしい狸だった。しかし、ただの狸ではない。人間の言葉を話しているので、化け狸に違いない。

——あやかしだわ。やっぱり、この屋敷のどこかにいると思ったのよね。

縁側の床で縮こまる化け狸は、顔を歪ませている。ひょっとして怪我でもしているのだろうか。

「どうしたの？　大丈夫？」

志乃が近寄って声をかけると、化け狸はつぶらな目を大きく見開いた。

「お、お姉ちゃんはおいらが見えるのかい⁉」

驚いた様子で言う。

そういえば、あやかしが見える人間は珍しいのだった、と志乃は軽く反省した。

麗羅や柳と毎日会話をしているから、つい失念していたのだ。

「ええ。今時珍しいみたいね」

「うん！　おいらもすごく久しぶりに出会ったよー。お姉ちゃんは夜会に来てる人かな？」

「そうなの。でもとても退屈だったから休憩していて……。あ、それよりも大丈夫？　怪我でもしたの？」

志乃がそう尋ねると、化け狸は自身の後ろ脚に視線を送った。何かで切ったのか、血が一筋流れ出ている。

「おいらも退屈で屋敷や中庭を散歩してたんだけど、一階からこの縁側に飛び移ったら、着地に失敗しちゃって……」

「まあ大変！　手当てしないと」

「ううん。ちょっとびっくりしたけれど、かすり傷だから大丈夫」

そう言って狸はすっくと立ちあがる。確かに深手ではなさそうだが、血がにじみ出ている傷が痛々しい。

「血が垂れちゃうわ。軽く手当てをさせて」

懐から手巾《ハンカチ》を取り出しながら志乃は言った。洗濯して干したばかりの綿の手巾《ハンカチ》だから、清潔なはずだ。

「えっ、いいのかい？」

戸惑った様子の化け狸に、志乃は笑って答える。

「いいのいいの」

——どうせ夜会の会場に戻っても、つまらないしね。

そんなことを思いながら、化け狸の傷口に手巾《ハンカチ》を押し当てて圧迫し、軽く止血する。

そして予備に持っていたもう一枚の手巾《ハンカチ》を傷口に巻いて保護した。

「応急処置だから、あとで消毒したり薬を塗ったりして手当てしてね」

「わー、お姉ちゃんありがとう！」

化け狸は嬉しそうに声を上げた。

かわいらしく素直な振る舞いに志乃の心が和む。人間に換算したら、きっとまだ少年の歳だろう。

「あ、おいらはそろそろ行くよ。あんまりふらふらしていたら、若旦那さまが心配しちゃうからね」

「そうなの？　気をつけてね」

「うん！　ありがとう、人間のお姉ちゃん」

軽やかな足取りで、窓から屋敷内に侵入し去って行く化け狸。

若いあやかしだったからか、あまり傷の痛みは感じていない様子だ。よかった、と志乃は安堵する。

だが、それにしても。

——あの狸の子、「若旦那さま」って言っていたわよね。やっぱりそれって橘桜虎さまのことなのかしら？

この屋敷に入った瞬間から感じていたあやかしの気。

その気配の濃さから、恐らくあの小さな化け狸だけが発しているものではないと志乃は思った。たぶん現在、この屋敷には複数のあやかしが潜んでいる。橘家は、本当にそれに無関係なのだろうか？

　そして、この屋敷に「若旦那さま」と呼ばれる存在は、この夜会を主催したひとり息子の桜虎しかいないはずだ。もちろん、「若旦那さま」はあやかしの仲間で、無関係な可能性もあるが。

　まさかとは思いつつも、橘桜虎の素性が、志乃は少し気になった。

　だが、ほんの少し心に引っかかっただけだ。どうせ二度と顔を合わせることはないのだから、気にしても仕方ない。

　そろそろ貴子さんも夜会に飽きていてくれるといいけれど、と淡い希望を抱きながら、志乃は縁側を後にした。


　大広間に戻ると、貴子は相変わらずの様子で、声をかけてきた男性に猫撫で声を返していた。

　自身の生い立ちを饒舌《じょうぜつ》に語る彼女からは、かかった獲物は逃すまいといった気迫がひしひしと伝わってくる。

　厠《かわや》から戻ってきた志乃にもまるで気がついていない。まだまだ時間はかかりそうだなあと、志乃は諦めのため息を漏らす。

桜虎は貴子の近くで他の出席者と雑談していた。

しかしすでに貴子は桜虎と関わりをもつことを諦めたのか、彼を気にしている様子はない。

――桜虎さんが、やっぱりさっきベランダにいた化け狸の子が言っていた若旦那さまなのかしら？　……まさかね。

そんなことを思いながら、相変わらず笑みも浮かべずに会話をする桜虎をなんとなく志乃が眺めていると。

まだ少年とも呼べるほど若い男性が、桜虎の元へと近づいた。身なりからして使用人のようだ。

彼は桜虎に耳打ちしていた。何か、内密な話らしい。

すると桜虎は辺りをきょろきょろと見渡し始めた。そして、志乃に視線をはたりと止める。

射抜かれるような強い眼光をぶつけられて志乃がたじろいでいると、なんと桜虎はすたすたとこちらに向かって歩いてきた。

――え？　な、何⁉　まさか私の方へ来ている……⁉

驚愕のあまり固まっている志乃の前で、桜虎はぴたりと足を止めた。

そしてつま先から頭の先まで、志乃を観察するように見つめた後。

「先ほど、ベランダで木葉《このは》の手当てをしてくれたのは君か」

涼やかな美しい声だった。

声を聴くだけで心地よさを覚えたのは、生まれて初めてだった。外見も絶世の美男子だが、天は彼に声の美しさまで与えてしまったらしい。

突然思いもよらない相手に話しかけられたうえに、彼の美声に聞き惚れてしまって、志乃は頭が回らない。

すると貴子が事態に目ざとく気づき、志乃の傍らへとやってきて、慌てた様子で口を開く。

「お、桜虎さま⁉　な、なぜそんな子に……あ、いえ、その子は私の妹のような存在でございましてっ！　私は九条家の……」

「申し訳ないが。俺は彼女に聞いている。静かにしてくれないか」

決して強い口調ではなかったが、清流のせせらぎのような声ではっきり言われてしまえば、いくら気の強い貴子といえど従わざるを得なかったようだ。貴子は唇を噛んで黙りこくる。

「それで、どうなのだ。先ほど手当てを？」

再び桜虎に促されて、やっと志乃は我に返った。

「……ええと。木葉とは……？　あ、もしかしてさっきの化けだぬ……」

化け狸のことですか？　と言いかけて、慌てて志乃は口を噤《つぐ》む。そう、あやかしが見えず、ここには貴子を始めとした他の人間たちが大勢いるのだ。

その存在すら眉唾物だと信じて疑わない人間たちが。

だからあやかしに関する言葉は発さない方が得策だろうと、志乃は考えた。

――だが、しかし。

「そうだ。化け狸のことだ」

なんと桜虎が、「化け狸」とはっきりと口にしたのだ。

今まで悔しそうに顔を歪ませていた貴子は、眉をひそめている。

――え、じゃあやっぱり。あの化け狸が言っていた若旦那さまは桜虎さんってこと？　橘家はあやかしと繋がっているの？　あやかしから敬われているなんて何者なの？　それに……この人も私と同じで、あやかしが見えるってことなのかしら？

桜虎の「化け狸」発言によって、桜虎に関するさまざまな憶測が志乃の脳内を飛び交い、ただ唖然《あぜん》としてしまう。

すると、桜虎は「君で間違いないようだな」と呟くと、志乃をまっすぐに見つめて、驚くべき一言を放った。

「君と結婚したいのだが」

言葉の意味が、しばらくの間まったく理解できなかった。

頭で一字一字組み立てるように考えたらやっと分かったが、自分に言われているとは到底信じられなかったので、他の対象を探そうと横を向いたり後ろを振り返ったりしてしまう。

だが今、志乃の近くには、さっき桜虎に「静かにしてくれないか」と言われた貴子しかいなかったし、何より彼はきょろきょろしている志乃を相変わらず見つめ続けている。

「……わ、私におっしゃっているのですか……？　な、なぜ……」

いまだに受け入れられない現状に、志乃はかすれた声を上げてやっとのことで尋ねる。

しかし桜虎はいたって冷静な様子でこう答えた。

「そうだが」

「えっ……。あ、あの、ちょっとどういうことなのか……」

「ああ、もしかしてすでに別に婚約者でもいるのだろうか。……だとしたら困るな。俺は君がいいというのに」

覚束ない言葉しか発せない志乃に対して、何を勘違いしたのか桜虎はさらに驚くべきことを言う。

貴子は衝撃のあまり、金魚のように口をパクパクさせていた。

「い、いえっ、婚約者なんてとんでもないです。わ、私には身寄りがなくて。貴子さんの家で面倒を見てもらっている、ただの庶民でございます……」

このままではとんでもないことになりそうだったので、やっとのことで志乃は自分の境遇についてそう説明した。

――簡素だけど一応正装しているし、どこかの令嬢だと桜虎さんに思われているに違いないわ。

だが桜虎は、志乃の言葉を聞くなり小さく微笑んだ。今までほとんど無表情だった彼の初めての笑みは、目をみはるほど魅力的だった。

「そうか、それならばよかった。婚約者はいないのだな？　君の出自などどうでもいいことだ。むしろ、しがらみがないようでこちらには好都合だよ」

「は、はい？」

「もう一度言う。俺と結婚してくれ。俺は君でなくてはダメなのだ」

先ほどよりもはっきりと、大きな声で桜虎は言葉を紡いだ。

辺りにもその声が響いていたようで、周囲の人たちは歓談をやめ、桜虎と志乃に注目した。

「ええ⁉　桜虎さま、今なんておっしゃいましたの⁉」

「あの女性に結婚を申し込んでいたわ！　キャー！　一目惚れよっ」

「なかなか身を固めなかった桜虎さまが、ついに⁉」

そんなふうに鼻息を荒くした出席者たちから、囃し立てるような声が次々に聞こえてくる。

「どどどどどういうことっ⁉　なんで私じゃなくて志乃なのよぅ⁉　な、何かの間違いに違いないわっ！」

貴子まで金切り声を上げ始める。

だが、貴子の言う通りだと当の志乃も思っていた。本当に、何の間違いで自分は桜虎に求婚されているのだろう。

すると桜虎は一瞬だけ顔をしかめると、背後から志乃の肩にそっと手を置き、小さな声で言った。

「ここは少し騒がしいな。応接室へ参ろうか。今後の話をしたい」

皆に注目されているこの状況は志乃にとっても気まずい。

なぜいきなり結婚を申し込んできたのかもきちんと知りたいし、別室に移動するのは好都合だ。

「……は、はい」

志乃がそう答えると、桜虎は口角の端をわずかに上げる。冷たい印象しかなかった彼の表情が緩む一瞬は、やはりとてつもなく魅力的だった。

そして肩に置かれた彼の手が、志乃には妙に優しく感じられて。

──もしかしたら、思ったような冷淡な人間ではないのかもしれないわ。

そう思い始めていた。


「今さらだが。君はあやかしが見えるのだな」

屋敷の応接室に入るなり、桜虎にそう尋ねられた。

桜虎と志乃は、丸形の座卓を挟んで、背もたれと腕置きに透《すか》し彫りの装飾が施されたモダンな長椅子に腰かけていた。

桜虎の背後には、彼の使用人たちがずらりと並んで立っている。

年嵩《としかさ》の女中から、先ほど桜虎に耳打ちをした少年まで、老若男女さまざまな顔ぶれだった。

「えっ……。は、はい」

返答に一瞬躊躇《ちゅうちょ》したが、先ほど桜虎とは化け狸の話をしたのだから、もう隠す必要はないだろう。

「生まれつきか？」

「……そうです。なんでなのかは、私も分からないのですけれど」

「そうか。化け狸の怪我の手当てをしてくれたということは、あやかしに対して恐れや偏見はないのかな？」

「ええ。むしろ、人間よりもあやかしの方が、私に優しくしてくれることが多いので……。人間だから、あやかしだからと、それだけではその方の内面までは測ることはできません」

豪華絢爛《ごうかけんらん》な大広間から離れたことで、志乃はやっと落ち着いて話ができるようになってきた。

桜虎は改めて見ても絶世の美男だったが、大きな双眸《そうぼう》は吸い込まれるような光を放っていて、それを見ているとなぜか心が安らぐ。

「……ふむ。そうなるとやはり、俺は君と結婚したいと思うのだが」

「な、なぜなのです？　私にあやかしが見えることと、何か関係があるのですか？」

桜虎はどうやら、志乃にあやかしを見る能力があると知って求婚してきたらしいことが、今までの話の流れでなんとなく理解できた。

しかし、一体なぜそんな能力を持つことが彼の結婚相手に求める条件なのかは、まだまるで分からない。

「俺はずっと、そんな女性を捜していたのだ。しかし現代では稀有な存在だろう。なかなか見つからなかった。しかし一族からは早く身を固めろとうるさく言われるし、もう諦めて普通の女性と結婚しようと思って、この夜会を開催したのだが……。やはり適当に相手を選ぶのは気が進まなくてな。そんな時に、使用人から『あやかしが見える女性が会場にいる』と報告を受けたのだ」

そういえば、少年の使用人が桜虎に何かを耳打ちした後に、いきなり求婚されたのを思い出した。

つまりあれは、志乃が化け狸に手当てをした話をしていたのだろう。

「しかも君はあやかしが見えるだけではなく、怪我の手当てまで施していた。人間なのにあやかしに優しくできる女性がいるなど、俺には信じがたかったよ。異種族は普通、相容れないというのに」

「はあ……」

どちらかというと人間の方と相容れない志乃は、「そうかなあ」と思って曖昧に返事をする。

「それを知って、ますます俺の結婚相手は君しかいないと思った。だからあの場で求婚させてもらった。今思えば、急なことをしてしまって申し訳ない」

「あ、い、いえ。あなたが謝る必要はありません」

桜虎が急に頭を下げてきたので、志乃は慌てて首を横に振る。

確かに驚きはしたが、不快な思いをさせられたわけではない。

「そうか、よかった。それで、俺と結婚してくれるか？」

「……それは……。あなたが私に求婚してきた理由は分かりました。しかし、まだ分からないことがございます」

「なんだ？」

「なぜあなたは、あやかしが見える女性を結婚相手に求めているのですか？」

最大の謎だった。

結婚相手として避ける理由にはなりえるが、逆にそんな人間を求めるなんて、まるで理解が追いつかない。

この屋敷に住める人材を探しているということなのだろうか？

化け狸の件で、桜虎が何らかの形であやかしと関わっていることはすでに予想はついている。しかし、結婚相手にあやかしが見える女性を熱望するほどの理由を志乃はまだ想像できなかった。

「ああ、そうか。まだちゃんと俺の事情について話していなかったな」

「事情とは？」

「俺があやかしが見える女性を求めるのは、俺も虎のあやかしだからだよ。まあ、正確には半妖だが。そして今この部屋にいる使用人たちも、全員あやかしだ」

「……へ？」

とんでもないことを淡々と言われたので、またもや理解が追いつかず志乃は間の抜けた声を上げてしまった。

その直後、桜虎の周囲に立っていた使用人たちが、その場でくるりと一回宙返りをした。

――すると。

「なっ……」

思わず驚きの声が漏れてしまう。

今まで人間の姿をしていた使用人たちが、その様相を一変させたのだ。

ある者は、頭の上に皿を浮かべ全身緑色をしている河童《かっぱ》。ある者は、にょろりと長い首のろくろ首《くび》。真っ白な浴衣を着た妖艶な女性は雪女《ゆきおんな》だろうか。

そんな、あやかしが見えない人間でもお伽話で聞き知っているような、有名なあやかしたちがずらりと並んでいた。

――桜虎さんはあやかしに関わっているかもしれないとは思っていたけれど……。

まさか桜虎さんも、引き連れている使用人も、全員があやかしだったなんて。

夜会で桜虎に耳打ちしていた少年は、化け狸の姿に変わっていた。

目が合うと、人懐っこそうに微笑んで手を振ってきたので、手を振り返した。彼があの、志乃が傷の手当てをした化け狸だったのか。

こんな大勢のあやかしが一堂に会しているのを、志乃は今まで見たことがない。これだけの数がいるなら、橘邸の敷地に足を踏み入れた瞬間に、濃厚なあやかしの気配がしたのも頷ける。

さまざまな種類のあやかしたちが一列に並んでいる光景はただでさえ壮観だったが、それを背後に従えている桜虎の姿は、一段と凛々しく見えた。

「君も知っているかもしれんが、人間にほとんど認識されなくなったあやかしたちは、肩身の狭い思いをしている。それで俺は行き場を失ったあやかしを保護して面倒を見たり、人間社会に溶け込んで暮らせるようになるための手助けをしたりしている」

「手助けを……」

あやかしたちは肩身の狭い思いをしている――確かに桜虎の言う通りだ。

志乃が今まで出会ったあやかしたちは、人間に化けて人間のふりをして生活していたり、人間に気取られぬよう息をひそめて生きている者が大半だった。

そしてそれは志乃も同じだ。行き場を失い、屋敷で息をひそめて生きてきた。

なぜ桜虎が率先してそんなことをしているのだろうとは思ったが、彼は自分のことを半妖だと言った。

つまり人間とあやかしの間に生まれた子というわけだ。

人間ともあやかしとも言える彼だからこそ、あやかしと人間の懸け橋になろうとしているのだろうか……と志乃は想像した。

「そうだ。だから俺の成そうとすることに理解を示してくれる女性がよかった。ただあやかしが見えるだけではなく、あやかしたちを支え、共に暮らしていける女性が。そこに君が現れたというわけだよ」

「……なるほど」

確かに、すべてに合点がいった。

ここぞとばかりに着飾った乙女たちを差し置いて、桜虎が自分に求婚してきた理由のすべてが。

――しかし。

「もう一度言う。君は俺の求めていた条件にぴったりの女性だ。ぜひとも俺と結婚してほしい。妻として大切にする」

志乃をまっすぐに見据えて、桜虎はまた力強くそう告げた。

――条件にぴったり、か。

別に結婚に夢を見ていたわけではない。

両親を亡くし、あの屋敷で、厄介者としての扱いに耐えてきた。生きるので精いっぱいだった志乃には、そんなことを考える余裕はまったくなかった。しかし条件だけで自分を選んだらしい桜虎の発言には、引っかかるものを感じた。

恐らく、まったく女性として見てくれてはいない。

妻として大切にするとは言ったが、衣食住や金銭面などで不自由させないという意味だろうし。

愛のない結婚なのね……、とため息をつきそうになった志乃だが、すぐにはっとした。

――何を考えてるんだろう、私。条件だけの政略結婚なんて、今時当たり前じゃないの。

そういえば、桜虎から求婚を受けた瞬間、驚きが一番大きかったが、ほのかに嬉しさも感じた。

きっと、生まれて初めて自分のことを見てくれる男性が現れたのかもしれないと、どこかで期待したからだろう。

意外にも乙女な心を持っていた自分に気づかされて、志乃は苦笑を浮かべた。

そして冷静に状況を整理する。

桜虎との結婚は、どんな生活になるかは想像もつかない。

しかしあやかしの相手なら、自分はそこそこ慣れているはずだ。何より、あのまま九条家で貴子にいびられ続ける生活を送るよりは、百倍……いや千倍はマシなことは確実だ。むしろ、このような身元がしっかりした家に嫁げるだけ幸せだと考えるべきだろう。

――正直、どんな結婚生活になるのかまだ予想もつかないけれど。九条家にこのまま留まるよりは良い人生になるはず……！

志乃は心を決めた。

「かしこまりました。結婚、お受けいたします」

桜虎を見つめ返して、はっきりとそう告げる。

桜虎の背後のあやかしたちが「やったー！」「ついに桜虎さまに奥さまが！」と、囃し立てる。

どうやら、あやかしたちにはおおむね歓迎されているようだ。

桜虎はほっとしたようで、頬をわずかに緩ませた。

「そうか。ありがとう」

「はい。……ただし、ひとつ条件がございます」

「条件……？」

「実は私の暮らしている九条邸の蔵に、あやかしがふたり住み着いているのです。骨女《ほねおんな》と猫又《ねこまた》なのですが、彼らは私の大事な友人です。輿入れの際は、ふたりも一緒でよろしいでしょうか？」

今桜虎に言った通り、麗羅と柳は志乃にとってもっとも大切な存在だ。

志乃を慕って九条邸に居ついてはいるが、他に居場所がなくて、仕方なくあの暗く狭い部屋で生活しているのだ。

いつも励ましてくれたふたりを差し置いて、自分だけいい暮らしをする気にはなれない。

この条件を呑んでくれないなら、結婚は考え直そうとすら思っていた。

すると桜虎は目を細め、柔らかく優美に微笑んだ。

今までは口元を笑みの形に歪めるだけだった桜虎の顔が、優しく綻んでいく。そんな彼の表情を、志乃は初めて目にした。

「なんだ、そんなことか。条件と言うから、もっと大それたことかと」

「えっと、それでは……」

「もちろん条件を呑もう。むしろ、大歓迎だよ。住処が蔵だなんてかわいそうではないか」

優雅に微笑んだその口で優しい言葉を紡ぐ桜虎に、志乃は図らずも目を奪われてしまう。

――やっぱり、最初の印象とは違って優しい人なんだろうな。

そもそも、他者を思いやる気持ちがなければ、行き場を失ったあやかしたちの面倒を見ようなんて考えないだろう。

息をひそめて生きるものたちに手を差し伸べる桜虎。

こんな自分が、少しでも誰かの役に立てるのなら――そんな期待に、志乃は心を震わせた。

こうして志乃は、橘家のひとり息子である橘桜虎の元へ嫁ぐこととなったのだった。

第二章　乙女、愛していると言われる

桜虎に求婚されて数日後。すでに志乃は橘家の別邸に身を置いていた。

夜会が行われたのは桜虎の父が管理している本邸だったが、普段桜虎はそこには住んでおらず、町はずれにある彼専用の別邸で生活していた。

志乃が暮らすのも、この別邸になるとのことだった。

結婚が決まった後、志乃は可能な限り最短の時間で嫁ぎ支度をし、九条の屋敷を出た。あそこにいると貴子が、「なんであんたなんかが桜虎さまと！　一体どんな色目を使ったわけっ？　この阿婆擦《あばず》れ！」などと、四六時中キーキーと金切り声を浴びせてくるため、一刻も早く離れたかったのだ。

元々、所有物など数えるほどしかなかったため、準備は楽だった。

ほとんど着の身着のままで、志乃は橘家に嫁いだのだ。

結納はいつにしようか？　と桜虎には尋ねられたが、すでに両親もいない志乃にとって、そのような儀式は意味をなさないように思えたので、丁重にお断りした。

一応貴子の両親が志乃の保護者に当たるが、桜虎から求婚された旨を彼らに告げると、勢いよく賛成してくれた。それもとても安堵した様子で。

それは「厄介者がいなくなって安心した」という思いだと、志乃はもちろん理解している。

桜虎の両親には挨拶せねばと考えていたが、現在彼の父がとても多忙らしく、桜虎には「その機会はおいおい」と言われた。

――ご両親との顔合わせなんて緊張するだけだから、先延ばしにしてくれたのは有り難いけれど。

ここ数日の怒涛の展開に、まだあまり気持ちが追いついていない。橘の別邸での暮らしに慣れてからの方が、志乃としては有り難い。

九条家で志乃の結婚を喜んでくれたのは、麗羅と柳だけだった。結婚の報告をしたら、飛び跳ねて喜んでくれた。橘の屋敷に一緒に移り住む件も「この蔵には飽き飽きしてたところだよ」「わーい！　広いおうちだにゃ！」とふたりとも乗り気だったので、志乃はほっとした。

そして、志乃が別邸に入ったその翌朝。

「この屋敷にいるのはね、志乃さま以外みんなあやかしさ。あ、若旦那さまは半妖だけど……。まあ妖力の強い方だし、人間よりはおいらたち寄りって感じ」

志乃は化け狸の木葉に、屋敷を案内されていた。昨日は引っ越しで、志乃の部屋を整えるのに忙しく、時間が取れなかったのだ。

木葉は台所や食堂、客間などを一通り見せてくれた後、廊下を歩きながらこの屋敷の現状についても説明してくれた。

ちなみに木葉は、化け狸の姿のままでは不便だからか、人間の少年の姿へと変化していた。

人間になった木葉は、こげ茶色の艶やかな髪を靡《なび》かせ、髪と同色の大きな瞳でまっすぐに志乃を見つめてきた。

狸の姿の時から、整った印象の顔立ちと美しい毛並みをしていて、つぶらな瞳には愛くるしさをたたえていたが、人間へと姿を変えても、美少年と呼んで差し支えない風貌だった。

「へえ……。全員があやかしなのね。中には、人間の使用人もいるのかと思っていたわ」

「うーん。どうしても人手が足りずに雇ったこともあるんだけどねえ。だけどやっぱりあやかしが見えない人間がこの屋敷にいるのはつらいみたいでさー。姿の見えないあやかしの行動に怯えて、みんなすぐに出て行っちゃったんだよー」

「そ、そっか……。それはそうかもね」

木葉のように人間に変化してくれれば、あやかしの見えない人間もその姿を見ることができる。

しかし、麗羅に以前聞いた話だが、変化には妖力を使うので、よほど力のある者でなければ、四六時中人間の姿でいるのは難しいのだそうだ。

また、変化の術を使えない者は、そもそも人間の姿にはなれない。

現に、風呂掃除をしていたあかなめも、洗濯物を干していた一反木綿《いったんもめん》も、本来のあやかしの姿で仕事に取り組んでいた。

――あやかしの見えない人間にとっては、勝手にきれいになるお風呂に、ひとりでに干される洗濯物にしか見えないものね……。そりゃ、不気味に思って出て行っちゃうに違いないわ。

橘家の不穏な噂として「使用人が頻繁に行方知れずになる」というものがあったが、出入りが激しいのが誇張して広まったのだろう。

「ここにいるあやかしたちはね、だいだいみんな桜虎さまが拾ってきたんだよ」

「拾ってきた……?」

「うん。やっぱり今は、あやかしが人間と一緒に暮らすのは難しいからねえ。昔は人間たちみんながあやかしを恐れ敬ってくれたけど、今は誰も気づいてくれないんだもん。人間たちにいいことをする座敷童《ざしきわらし》や貘《ばく》すら、せっかく働いても誰も気づいてくれないから寂しいみたいでさ……。だからつらい思いを抱えて、人気《ひとけ》のないところで静かに暮らしているあやかしが、今は多くてねー」

「そうなの……」

確かにそれはなんとも切ない状況だ。せっかく人間たちのために働いてくれたというのに、存在すら認識されないなんて。それなら誰もいないところにいた方がマシかもしれないな、と志乃も思った。

「だから桜虎さまはそういうあやかしを拾ってきて、現代の暮らしにうまく溶け込めるように、立ち回り方とか、仕事のしかたとかを教えてるんだ。変化ができないあやかしたちは、あやかしが見える人の元へ働きに行かせることもあるよ」

「働きに？」

「うん。会社を経営しているような偉い人間の中にも、あやかしが見える人が少しだけいてさ。そういう人の中にも志乃さまと同じであやかしに寛容な方がいて、良くしてくれるんだ」

自分以外のあやかしが見える人間に出会ったことのない志乃にとって、木葉の話は目から鱗が落ちる思いだった。

――私の知らないところで、あやかしと人間はこんなにも関わっていたんだ。

知っていれば、麗羅と柳も長い間蔵に閉じこもる必要はなかったのに。できればもっと早く、桜虎に出会いたかった。

「人間が中心のこの世界での暮らし方を知ったあやかしは、この屋敷を巣立って新たな居場所に行くのさ。中にはおいらみたいに、ずっとこの屋敷で使用人として働いているあやかしもいるけれどね」

「そうなのね。……うん、この屋敷にいるあやかしたちの事情については、だいたい分かったわ」

志乃は頷きながら言う。しかし、まだひとつ分からないことがあった。

「どうして桜虎さんは、あやかしたちのためにそんなことを率先してやっているのかしら？」

彼は自分のことを半妖だと言っていた。

しかし生まれは華族の名家で、父親は陸軍の「帝国の勝利王」として名を馳せる有力者だ。それに、外見だって人間にしか見えない。それどころか、貴子をはじめとする令嬢たちから絶大な人気を博し、結婚を熱望されるほど優れた容姿だ。

つまり、桜虎は人間社会に確固たる居場所のある半妖なのだ。

そんな彼がなぜ、あやかしたちのためにこんな慈善事業を？

「さあ……？　なんでだろうねえ。一応桜虎さまは、お父上さまと同じで陸軍に籍を置いているらしいけど、そっちは名ばかりだって本人も言っていてさ。ここの屋敷であやかしの面倒を見るのが本業って感じだよ」

「そっか。木葉も知らないのね」

「うん。でも、人間のお父上とあやかしのお母上をお持ちだから、きっとどっちの気持ちも分かると思うんだ。桜虎さまはすっごく優しいんだよ！」

満面の笑みを浮かべて木葉は言う。

心から主のことを慕っている様子がひしひしと伝わってきて、志乃は和やかな気持ちになった。

――まあ、確かに第一印象よりは心穏やかな人なんだろうなってのは、なんとなく私も分かったけれど。

夜会で貴子の陰から顔を眺めていた時は、彫刻のように美しい顔に無表情を貼り付けていて、近寄りがたさを覚えた。

しかし求婚された後に不意に見せた優しい笑みや、あやかしを思いやるような言葉から、思ったよりも冷淡な人ではないのだろうと感じていた。

しかし、まだ婚姻に関わる必要最低限の会話しかできていないうえ、基本的に桜虎は口数が少ないので、いまいち彼の人間性を掴み切れていない。

昨日この屋敷に入った時に一瞬挨拶した後は、多忙らしく顔を合わせていなかった。寝室も、当然のように桜虎とは別だった。

――まあ、条件が合ったから私と結婚しただけだものね。別に夫婦らしい触れ合いなんて、向こうも必要ないと思っているのでしょう。

すでに今回の結婚についてそう割り切っている志乃は、桜虎の人間性や思想についても深く考えるのはやめよう、そう思ったのだった。

屋敷の案内が終わり、志乃の寝室の前に木葉と戻ってきた時、そう尋ねた。

「私にできる仕事って何かあるかしら？」

これは能力を見込まれての結婚だ。夫のために、ここで自分は何をすればよいのだろうか。

すると木葉はぶんぶんと首を大きく横に振る。

「いやいや、志乃さまは華族の奥さまなんだからね！　そんな方にお仕事を頼むなんてとんでもないよ～」

「えっ……」

「志乃さまは、暇そうなあやかしと遊んでくれたりお菓子でもつまんだりしてくれればそれでいいって、桜虎さまも言っていたよ」

あやかしだの半妖だの、普通の人間同士の結婚とは違う点にばかり囚われていたが、今木葉に言われて、橘家は華族であり、自分は華族の妻となったことを、ようやく志乃は思い出した。

確かに、華族である貴子もその母親も、女学校時代の友人たちとお茶会を開いたり、観劇に行ったり、招待された舞踏会のための衣装を選んだりと、悠々自適な生活をしていた。

しかし傍から彼女たちを見ていた志乃は、常日頃から「よくあんなに退屈そうな毎日を送っていられるなあ」と思っていた。

自分が今後あのような日々を送ることを想像したら、それだけで退屈であくびが出そうだ。

「い、いえ！　何か掃除とかお料理とか、私にもやらせてちょうだいっ」

そんな日々には耐えられないと感じた志乃は、強く主張した。すると木葉は戸惑ったような顔をする。

「えっ、でも桜虎さまの奥さまに、そんな女中みたいなことをさせるわけにはいかないよ……」

「いいの！　私が望んでやりたいって言っているんだから、いいでしょ？」

このままでは暇を持て余す日々を送ることになってしまう。それだけはどうしても避けたかった志乃は、必死に食い下がった。

「うーん、そっか。確かに志乃さま本人が自らやりたいって言ってるんだもんね。桜虎さまも、志乃さまの望みはできるだけ叶えてやってくれって、屋敷のみんなに言っていたし」

「えっ、そうなの？」

桜虎が木葉にそんなことを伝えていたのは意外だった。条件だけで結婚した自分を、陰で気遣ってくれていたとは。

結婚相手に対する恋愛の情はないだろうけれど、共に暮らす者に対しての優しさは持ってくれているらしい。

「うん。だから、分かったよ。炊事や洗濯を担当している女中たちに、志乃さまも仲間に入れてもらえるようにおいらが言っておくね！」

「ありがとう木葉！」

とにかく、退屈すぎる日々を送ることは避けられそうで、志乃は深く安堵したのだった。

その日の夕方、早速志乃は炊事場に行き、女中たちと共に夕食作りをすることにした。

あやかしは人間とは異なる種族であるため、体の構造上、食物を摂る必要はないが、この屋敷では、人間社会に馴染むために朝昼晩の三食、食事をするのが習わしになっていた。

ちなみに半妖の桜虎は、体の仕組みは人間に近く、人間と同じように食事をする必要があるとのことだった。

本日は遠方へとあやかしの保護に向かっているため、夕食はいらないと事前にお達しがあったが。

よって、今夜の夕食は屋敷のあやかしたち約二十人と、志乃の分が必要だった。主の妻である志乃にだけ、高価な材料で特別な献立が提供される。

――みんなと同じでいいって断ったんだけど、それじゃ桜虎さまに怒られてしまいます、って女中さんに言われちゃったわ。

正直高級品の味など分からない志乃だったが、確かにそれくらいは受け入れなくては、桜虎の妻として示しがつかないのだろう。

そもそも、女中と肩を並べて主の妻が働くという暴挙を許してもらっているわけだし。

「では志乃さまは、お野菜を洗ってくださいませ」

大量の野菜が入ったざるを目の前にして、座敷童《ざしきわらし》の女中にそう指示された。

なかなかの重労働になりそうだが、橘の別邸には水道が引かれていて蛇口をひねれば水が出てくるので、短時間でこなせそうだ。

「分かったわ」

青々としたキャベジをちぎり、一枚一枚丁寧に洗っていく志乃。

——すると。

「あーあ、まったくのろまだわねえ」

間延びした声で、あからさまな嫌味を言われて驚く。その可憐な声のした方を向くと、そこには。

——確か雪女《ゆきおんな》の深雪《みゆき》さんね。

深雪は、人間でいうと二十代前半くらいの外見だ。

青い瞳は透明な氷のように煌めいており、真っ白な素肌は神秘的な美しさを放っている。

男を魅了して氷漬けにするという逸話のある雪女《ゆきおんな》だけに、さすがの美貌を誇っていた。

彼女は志乃が夜会で求婚された日、応接室で今後について話し合った際にも、桜虎の背後に佇んでいた。

そして、その場で志乃が結婚を承諾した時、あやかしたちはみな喜んでいたが、深雪だけはどこか不機嫌そうな顔をしている気がしたので、覚えていたのだ。

「嫌だわー、余計な人が入っちゃって」

深雪はなおも畳みかけてくるが、貴子に虐げられ慣れている志乃は、これしきの嫌味などまったく気にならない。

「ごめんなさい。もっと早く洗うわね」

志乃が笑顔でそう答えると、深雪は少したじろいだ様子を見せた後、つっけんどんにこう言った。

「ふ、ふん！　はっきり言わなきゃ分からないかしらっ？　あんたがここにいると邪魔だから、炊事場から出て行ってって言ったのよ！」

志乃を真っ向から睨みつけながら、もはや嫌味ではなく明確な拒絶の言葉を浴びせてくる深雪。

先ほど志乃に野菜を洗うように指示した座敷童《ざしきわらし》や、他のあやかしの女中たちはおろおろしている様子だったが、何も言えずにいるようだ。

どうやら女中の中では、もっとも深雪に発言力があるらしい。

――あれれ。どうやら、私深雪さんに本格的に気に入られてないみたいだわ。どうしてだろう？

と、志乃が野菜を洗う手を止めて、考えていると。

「なんだいなんだい！　さっきから黙って聞いてりゃさ！　志乃になんか文句があるっつーんなら、あたしを通しなっ」

そう反論したのは、志乃と一緒に橘家にやってきた骨女《ほねおんな》の麗羅だった。

麗羅は一応、志乃専属の女中という立場だが、志乃は自分のことは大抵自分で済ませてしまうので、屋敷の炊事や洗濯の手伝いをしていたのだった。

ちなみに柳も共にこの屋敷にやってきたが、のんびり屋の猫又《ねこまた》である彼は特に仕事をせず、志乃の部屋で日向ぼっこをしたり、中庭を散歩したりしてまったりと過ごしている。

あやかしの中には猫又《ねこまた》のように労働に不向きな種族も多い。そういったあやかしは人間の飼い猫に化ける術や、旅館や料亭などの看板猫として生きる術をここで学ぶとのことだった。

麗羅は胸を反らし、挑むように深雪の前に立ちふさがる。しかし深雪も負けじと、鋭い眼光を麗羅に浴びせていた。

長身で艶やかな骨女《ほねおんな》と、透き通った氷のような美しさを放つ雪女《ゆきおんな》が対峙している光景は圧巻で、己のことでふたりが争っているのも忘れて、思わず志乃は見とれてしまった。

「ふん！　じゃあ言わせてもらうけどね！　文句しかないわよっ」

青い瞳で睨みつけながら、深雪が強い口調で言う。さらにこう続けた。

「その女、あやかしが見えるっていうだけで、桜虎さまの嫁になれたんでしょ!?　それが気に入らないのよ！　別に大して美しくもないくせにさ！　しかもみなしごだったとか！」

身に染みて実感していることをずけずけと言われ、志乃は苦笑を浮かべることしかできない。

――そうよね。あやかしが見える今時珍しい女だから嫁に選んだって、桜虎さん本人にも言われているもの……。

確かに、桜虎を慕っているあやかしたちの中には、能力以外は平凡な志乃が桜虎の妻になることに反感を持つ者がいてもなんら不思議はない。

そもそも桜虎は大層な美男なのだから、容姿の点だけで考えても自分は相当不釣り合いだと思う。

と、深雪の言葉に内心頷く志乃だったが。

「はー!? 何を言うんだいこの雪女《ゆきおんな》風情が！　志乃はすっごく優しいいい子なんだからねっ！　困っていたあたしや柳の世話を、ずっとしてくれていたんだからっ」

志乃にとってみれば、世話をしていた覚えはなく、むしろ麗羅や柳の存在に励まされるばかりだったので、その言葉は意外だった。

――でも、麗羅はそんなふうに私のことを思っていてくれたんだ。

思いがけない麗羅の発言に、嬉しさがこみ上げてくる。

「そんなこと知らないわよっ！　っていうか、ちょっとあやかしに優しいくらいで偉そうにしないでよ！」

「ふん。桜虎っていうここの主人は、志乃があやかしに優しくしてるところを見て気に入ったとも言っていたよ⁉ 知らないのかい！ どこぞの雪女《ゆきおんな》と違ってなかなか見る目があるお人だね、ここの主は」

「桜虎さまを呼び捨てにしないでちょうだい！ 骨女《ほねおんな》ごときが！」

キーキーと高い声で罵り合う深雪と麗羅。

他の女中たちは、もうなす術がないと判断したのか、ふたりのことは無視して各々作業に取り組んでいた。

だけど自分が原因で言い争いをしているのだから、志乃は見て見ぬふりをすることはできなかった。

今のところ口げんかで収まってはいるが、そろそろ取っ組み合いになりそうな勢いである。

だけどあやかしふたりの争いなんて、人間の自分が諌められるわけもない。どうしよう……とおろおろしていると。

「まったく、なんで桜虎さまはこんな平凡な人間の女なんかをっ。こいつよりも私の方が断然美しいっていうのにぃ！」

涙目になりながら叫んだ深雪の一言に、志乃は「おや」と思った。

彼女が志乃を気に入らない理由は、どうやらとても単純なことだったらしい。

「深雪さん。もしかして、桜虎さんをお慕いしているの？」

そう尋ねると、深雪は勢いよく志乃の方を向いた。

「そうよ！　悪いっ⁉　だからあんたが桜虎さまの嫁だなんて私は認めないわよ！　今すぐにでも出て行ってほしいのっ」

――やっぱり、そうなのね。

深雪は桜虎に恋心を抱いていたのだ。

そうなると、いきなり現れた彼の結婚相手が、美貌も家柄もない平凡な人間の女だったら、納得いかない気持ちも分からなくもない。

志乃は深雪の苛立ちの理由を察したが、麗羅は納得いかないようで、さらに深雪に食ってかかった。

「はー⁉　ひどい横暴だね！　だいたい桜虎が志乃を選んだっつってんじゃないか！　あんたに認めてもらわなくても結構だよっ！」

「だからちゃんと桜虎さまとお呼びしろって言ってんじゃないのよ！　……ふん！　もうあんたと言い争っている暇はないわ。夕飯が遅くなるじゃないのっ」

ぷいっとそっぽを向き、包丁を手に取る深雪。

意外にも、女中の仕事はきっちりとこなしたいたちらしい。大好きな桜虎から任されているからかもしれないが。

「……ちっ」

まだ言い足りないのか、麗羅は仏頂面で舌打ちをする。

しかしこれ以上言い争っても不毛でしかない。麗羅も自分の持ち場へと戻って行った。

志乃も野菜を洗う作業に戻ったものの、思いがけない深雪の恋情を知って悶々としていた。

——もう嫁いできちゃったから、今さら貴子さんがいる屋敷には戻れないし、そもそも戻りたくないけれど。もう少し様子を見て、考えてからこの結婚を決めればよかったかしら……。

志乃に結婚を申し込んだのだから、桜虎には懇意にしている女性はいないのだろうと考えていた。

しかしあれだけの美男なのだから、彼に好意を持っている女性がいてもなんらおかしくない。

ひょっとしたら深雪以外にもいるかもしれない。

そんなことを考えていると、食材を切り終わったらしい深雪が、不機嫌な面持ちで志乃を見据えていることに気づく。

——そして。

「……私は絶対に認めない。あんたなんか」

腹の奥底から絞り出すように、低い声で彼女はそう呟いた。まるで怨念を込めるかのように。

憎悪が込められた視線と言葉を受けて、志乃はため息をつくことしかできなかった。

志乃が橘の別邸にやってきてから数日が経った。

相変わらず桜虎は多忙らしく、志乃とはほとんど顔を合わせることがなかった。

自宅にいる時も、自室にこもっていることが多い。一度お茶を運びに行ったら、桜虎はびっしりと文字が書かれた紙が散らかっている中、本を熱心に眺めていた。

ちらりと見えたページには、小豆洗《あずきあら》いの絵が描かれていた。

何を調べているのだろう？　と志乃が気になっていたら、桜虎の部屋を出たところで木葉がこんな話をしてきた。

『今、桜虎さまが保護しようとしている小豆洗《あずきあら》いがねー。あやかしが見える人間にいじめられていたとかで、近寄ると逃げちゃうらしくって。頑張って説得してるみたいなんだけど、信頼関係を築くのが大変みたい』

なるほど。その小豆洗《あずきあら》いに信じてもらうための材料を桜虎は捜していたのだろう。

――桜虎さん、あやかしたちのために本当に頑張っているのね。

一生懸命やるべきことに取り組んでいる真面目な桜虎を、志乃はとても好ましく思った。

しかしそれと同時に、もっと桜虎を知りたい、そのために彼と一緒に過ごす時間が欲しいという気持ちが日に日に募っていった。

彼とはまだ、数えるほどしか会話を交わしていない。

会話の内容も、挨拶を交わした後に、屋敷での生活の様子を少し尋ねられるくらいだ。毎回一分にも満たないだろう。

――あ、でも昨日はそういえば少し長めに話したっけ。

出かける桜虎を玄関先で見送った時に、彼と繰り広げた会話を志乃は思い起こす。

『そういえば女中の仕事を皆と一緒にしてくれているそうだな？』

『はい。桜虎さんはそんなことはしなくてよいと気を遣ってくださったそうですが……。ただのんびりとしているのはどうしても退屈で。私がやりたくてやっているのですが、いけなかったでしょうか？』

華族の妻として、下働きのようなことをするのはひょっとしたらまずかったのかもしれない。諌めるために桜虎は尋ねてきたのだろうか。

不安になった志乃が尋ねると、桜虎は微笑みこう言った。

『いけないなんてことはない。君がやりたいことを反対などするものか』

『あ、ありがとうございます』

君の意志が何よりも大事だ——そんな桜虎の思いが伝わってきて、嬉しさがこみ上げた。志乃は思わず頬を緩ませる。

『立場的にそのようなことをする必要はないのに、率先して仕事をしようとするなんて。君はとても勤勉なのだなと感心していたんだ。想像以上に、俺はいい女性を妻にしたようだ』

『え……』

真顔で突然称賛され、褒められ慣れていない志乃は顔を真っ赤にしてしまった。そんな志乃を見て、桜虎は目を細める。

『では行ってくる』

『い、行ってらっしゃいませ』

顔の火照りが収まらず、たどたどしい口調でなんとか見送った。そして玄関の扉が閉まった後、はっと我に返る。

——桜虎さん、真剣な顔で急に褒めてくるからびっくりしちゃったわ。……あ、そうだ。私が女中の仕事をしているのをご存じなら、深雪さんのことを相談すればよかったかしら。

そう思いつくも、やはり彼に話す内容ではないなと志乃はすぐに思い直した。

――桜虎さんは、深雪さんの想いに気づいていないようだし。人の恋心を勝手に暴露するなんて、しちゃいけないわよね。これからこの屋敷で生きていく以上、これしきのこと、自分で解決しなきゃ。

しかし炊事場で宣戦布告されてからの数日間、深雪は志乃にさまざまな嫌がらせを仕掛けてきた。

食事の席でのお茶が志乃の分だけひどい出がらしだったり、念入りに掃除した箇所を「埃が残ってるじゃないの。やり直してちょうだい！」と罵ってきたり、廊下を歩いていたらぶつかってきて「あら、存在感が薄すぎて見えなかったわ」なんて嫌味を言ってきたり……

だがどれも、貴子にされたことに比べたらかわいいものに思えた。

掃除のやり直しなら、何時間もかけて丹念に磨かせた廊下を、汚れた馬穴《バケツ》の水をひっくり返して水浸しにしてから命じるくらいではないと、志乃の精神にはまったく傷はつかない。

ぶつけてくる言葉も罵詈雑言には程遠いものだし、肉体的な攻撃も志乃が痛い思いをしない程度。貴子のような本物の性悪女から長い間嫌がらせをされてきた身としては、あまりに生易しいものだった。

それに、志乃以外の者たちへの態度は優しく、まだ仕事に不慣れな女中たちをさりげなく手助けしてやっている姿も目にした。

きっと、深雪は本来、嫌がらせなどしたことのない女性なのだろう。ただ、桜虎を愛するあまり、志乃の存在を受け入れられないだけで。

そんなふうに、志乃が深雪の本性に気づき始めたある日。志乃は、桜虎とはじめて朝食を共にすることになった。その席でのこと。

「……あっ」

温かいと思って口にしたお茶が、氷のように冷たかった。驚いた志乃は、声を漏らしてしまう。

また深雪の些細な嫌がらせかと、給仕として桜虎の傍らについていた深雪をつい見てしまう。

彼女は口元を笑みの形に歪め、してやったりという面持ちをしていた。

――やっぱり。……あれ？　深雪さんの今日の着物って。

美意識の高い深雪は、流行の幾何学模様や花柄の着物をいつも一分の隙もなく着こなしていた。

しかし今日は白地に雪の結晶が散りばめられた、彼女らしくない地味な柄だった。年季も入っているようで、少し裾が綻びている。

洗い替え用の着物なのかなと志乃が考えていると、隣で食事をとっていた桜虎が眉をひそめる。

「どうしたんだ」

「あ、いえ……。なんでもありません」

誤魔化そうと微笑むも、気になったのか桜虎は首を傾げたままだ。

「茶を口にした時に妙な反応をしていたようだが……」

そう言いながら、桜虎が志乃の湯呑を手に取り、顔をしかめた。

「む……。茶が氷のように冷たいではないか。俺の分はちゃんと温かいのに、なぜこのようなことに」

「あー！　申し訳ありません桜虎さま！　私の不手際でございます！」

追及される前に、認めて謝罪した方が得策だと踏んだらしく、深雪は大袈裟な素振りで頭を下げた。

「そうだったか。すまんが煎れ直してやってくれ」

「はい、ただいま！」

満面の笑みで志乃の湯呑を手に取り、盆に乗せる深雪。一瞬志乃の方を向き、じろりときつく睨む。

百面相のような彼女の表情の変化に志乃が感心すらしていると、桜虎は無表情でこう言った。

「……だが深雪。謝るのは俺にではなく志乃に」

「えっ？」

深雪は虚を衝かれたような面持ちになった。彼女にとって、桜虎の一言は意外だったのだろう。

そして志乃も驚いていた。桜虎に、初めて名を呼ばれたのだ。

あまりにも自然だったから、一瞬自分の名前ではないかのように錯覚したほどだった。

桜虎の涼やかな美しい声で紡がれた自分の名は、とても特別な言葉に聞こえた。

頭の中に「志乃」という桜虎の声が何度も響く。心臓がやたらと落ち着かない動きをしている。

「俺の茶ではなく、志乃の茶が冷たかったのだから。当然、君が謝罪をするのは志乃だろう。何かおかしいか？」

深雪の動揺や志乃の胸の高鳴りなど気づいた様子もなく、桜虎はもっともな発言をする。

すると深雪は唇を一瞬だけ噛んだ後、笑顔を顔に貼り付けて志乃の方を向いた。

「申し訳ございませんでした。志乃さま」

ゆっくりと放たれたその言葉は、普段の深雪を知っている志乃からすれば、慇懃無礼に感じられた。

彼女の笑顔の裏に潜む憎悪がひしひしと伝わってくる。

そして深雪はお茶を煎れ直すために、盆を持って歩き始める。すると、桜虎が志乃を見つめてきた。

「ひどく冷たい茶だったが、大丈夫か」

「あ！　い、いえ！　なんともありません」

「そうか、それならばよかった。女性は特に体を冷やしてはならないからな」

そう言った桜虎は一見無表情だったが、少しだけ頬を緩ませていた。どうやら本気で志乃を案じてくれていたらしい。

さらに、桜虎は志乃の手をじっと見つめると、眉をひそめてこう告げた。

「よく見たら手が荒れているな。家事のせいか？」

「あ……。水仕事をしているので、仕方がありませんね。大したことはありませんよ」

よく見ているなあと感心しながら、志乃は苦笑を浮かべる。

九条家にいた頃は、常にあかぎれだらけだった。その頃に比べれば、多少のカサつきなど志乃にとっては荒れているうちに入らない。

――あっ。でも、華族の妻の手が荒れているなんて、きっと周囲に示しがつかないわよね……。家のことなんてやっぱりやらない方がいいのかしら。

などと、不安に思っていると。

「頂き物の椿油があったはずだから、後で君の部屋に持っていこう。手に塗るといいぞ。上質な油だから、きっと良くなるはずだ」

思いがけない桜虎の提案に、志乃は驚いて目を丸くする。

上質の椿油なんて、貴子の鏡台に置いてあったのを見ただけで、触れたことすらない。

「えっ。そ、そんな高価な物、私には……」

「何を言うんだ、志乃。妻の肌に使わず、いつ使うと？　それに元々俺には使う機会のない物だったから、気にしなくていい」

遠慮する志乃に、桜虎が有無を言わさぬ響きで、しかしどこか優しくそう告げた。

「は、はい。ありがとうございます」

私なんかにそんな物もったいないのに、という思いはいまだにあったが、夫にそこまで勧められて否定するのは野暮だろう。

――桜虎さん、家事をやめろとは言わなかった。

それが志乃にとってはとても嬉しかった。

先日、確かに桜虎は志乃が家事をすることを承諾してくれた。「ただのんびりとしているのはどうしても退屈で。私がやりたくてやっているのです」と告げたのだ。

あの時桜虎がもし、志乃の言葉をただ聞き流していたなら、「手荒れはみっともないから、水仕事は控えるように」と言いつけてきたのではないだろうか。

桜虎の『君がやりたいことを反対などするものか』、という言葉が耳に蘇る。あの言葉は、うわべだけのものではなかった。

――桜虎さんは、私のことを分かろうとしてくれている。私の意志を尊重しようとしてくれている気がする。

初めて名を呼ばれ、自分をひとりの人間として扱ってくれる桜虎の言動を目の当たりにし、志乃の心臓は大きく脈打つ。

――でも深雪さんの言う通り、私があやかしの見える女だから……それだけの理由で、桜虎さんは私と結婚した。ただそれだけ……

だけど今の桜虎の言葉には、それ以上の思いやりや愛情が内包されている気がしてならなかった。

胸の高鳴りは収まらず、息苦しささえ覚えてしまうが、なぜか心地よい。

しかし、少し離れたところでお茶を煎れ直していた深雪は、この会話を聞いていたに違いなかった。

無言の彼女の背中からは、間違いなく強い怒気が発せられていた。

——はあ、落ち着かない。

夜、浴槽にひとり浸かる志乃。

いつもは心安らぐ時間だが、今日は胸がそわそわしている。

朝食を済ませたら、結局桜虎は出かけてしまったので、その後は顔を合わせていない。それにも関わらず、朝の彼の気遣いがいまだに心臓に余韻を残していた。

——私は条件だけで彼の結婚相手に選ばれたはずなのに、あんなふうに優しくされたら……

もしかして自分を妻として愛する気が彼にはあるのだろうか……と、期待を抱いてしまう。

九条家では、日々貴子のいびりに負けないように必死で、殿方と恋をするとか、ましてや結婚だなんて、考えもしなかった。

しかし桜虎に少し優しく気遣われただけで、こんなにも胸にときめきを覚える自分がいる。

将来の展望なんて、今までまったく抱く暇はなかった。しかし、橘の別邸に来てからというもの、人並みに女の幸せを求めていたらしい自分に、初めて気づかされる日々だった。

——もう少し桜虎さんといろいろ話をしてみたいけれど。今はそんな暇はなさそうね……

今が多忙なだけで、しばらくしたら時間が取れるのだろうか。明日朝食の席で会えたら聞いてみよう……そんなことを考えていると。

「……ちょっと熱いわね」

いつもより湯の温度が高い。考え事をしていて気づくのが遅れたが、頬に汗が滴っている。

温度を調整しようと、浴槽から出て、浴室の隅に置かれた冷水の入った桶を手に取る。

そして溜めた湯に水を入れて、再び浴槽に浸かる。

うん、ちょうどいい温度になった――と思っていると。

「……熱いだって？　ふふっ、じゃあ私が冷ましてさしあげるわよ」

浴室の外から、高い女の声が聞こえてきた。

志乃はその声の主の正体を一瞬で悟る。最近毎日のように聞いていたから間違いない。このかわいらしい声は、深雪のものだ。

すると窓がひとりでに開き、ぴゅーという大きな音が浴室中に響き渡る。

そしてそこから勢いよく入ってきたのは、吹雪だった。そう、雪が混じった極寒の突風。

「えっ……！」

ちょうどいい湯加減だった浴槽内のお湯は、一瞬で冷水へと変化してしまう。温まっていた志乃の体も瞬時に冷え切ってしまった。

このままでは凍死してしまうと察した志乃は、慌てて浴室から飛び出る。そして脱衣所に置いていた手ぬぐいで、懸命に体についた水滴を拭いた。

しかし一度凍え切った体温はすぐには戻らなかった。

すぐさま浴衣に着替えて寝室に戻り、布団をかぶるも、ガタガタという小刻みな震えはしばらくの間止まらなかった。

少しでも体を温めようと、志乃は肌をさすったり、すでに布団の中で寝ていた柳の背中に触れたりしたが、あまり体温が上がらないまま、いつの間にか眠ってしまったのだった。

次の日、目が覚めた瞬間、激しい頭痛と全身の倦怠感に襲われた。寒気もひどく、恐らく発熱もしている。

――風邪を引いてしまったわ。

氷点下の冷風を浴びせられ、体が温まらないまま眠ってしまったのだ。当然の結果だろう。

今日体を動かすのは難しそうだ。一刻も早く風邪を治すためには、丸一日寝ている方が得策だろう。

そう判断した志乃は、寝室で休むことにした。

少し前に麗羅が持ってきてくれた粥を食べようと志乃が布団から身を起こした時、

「志乃、大丈夫？」

柳が心配そうな顔をして尋ねてきた。

昼間はだいたい志乃の部屋で日向ぼっこをして過ごしている柳だが、今日は志乃の寝ている布団のそばからあまり離れず、具合を案じている様子だ。

志乃の着替えを手伝ってくれたり、必要な時には女中を呼んできてくれたりしている。

「ありがとう柳、お粥を食べて少し休めばきっと大丈夫よ。……ごほっ」

笑顔で言葉を返す志乃だったが、咳込んでしまう。熱も高い気がするし、なかなか厄介な風邪かもしれない。

——それにしても、昨日の深雪さんの嫌がらせは、今まではない、なかなかのたちの悪さだったわね。

体に害をもたらすような嫌がらせは昨晩の吹雪が初めてだった。これはさすがの志乃も堪えた。

深雪が急にひどい嫌がらせをしてきたのは、きっと昨日の朝食の席での桜虎の行動が原因だろう。

──あの時、桜虎さんが深雪さんに私に謝れって言ったり、私にお優しい言葉をかけたりしたからね……

もちろんそんな桜虎の言動は志乃にとっては嬉しいし有り難いが、彼を慕っている深雪は、より深い嫉妬を抱いてしまったのだろう。

──今日は桜虎さんは何をしていらっしゃるのだろう。

昨晩は帰ってきている様子はなかった。

そういえば、昨日の朝食の席で、今晩は帰ってこられないかもしれないと言っていた気がする。

すでに昼下がりだが、もしかしてまだ帰宅できていないのだろうか。

「柳、桜虎さんは……ごほっ、帰ってきてらっしゃるのかしら？」

気になった志乃は、咳をしながらも柳に尋ねる。

すると志乃の枕元で丸まっていた柳は、二又に分かれた尻尾をゆらゆらと揺らしながらこう答えた。

「少し前に中庭に散歩しに行った時に、まだお戻りにならないって女中たちが言っていたような気がするにゃあ。なんか、保護しようとしていたあやかしが隠れちゃって見つけるのが大変だとか」

「そうなの……」

まさか、丸一日以上帰ってきていないとは。

風邪で心まで弱ってしまっているのか、なんだか無性にあの美しい顔が見たくなった。

もし新婚の妻が病に臥せっていると知ったら、彼は一体どんな反応をするのだろうか。

――心配してくれるのかな。

昨日、優しい言葉をかけてくれた時の桜虎の様子を思い出し、淡い期待を抱いてしまう。

その時、寝室の外から足音が聞こえてきた。

廊下を慌ただしくドタドタと移動している様子で、女中たちが立てる音とは明らかに違う。

なんだろう、と志乃が思っていると。

「志乃、風邪を引いたそうだな？」

勢いよく寝室の扉が開く。

直後に飛び込んできたのは、桜虎だった。

普段表情の変化に乏しい桜虎だが、珍しく動揺したような面持ちだった。急いでここまでやってきたのか、息も切らしている。

「えっ……。あ、はい」

彼のことをちょうど考えていた時のいきなりの登場だったので、志乃も動揺しながらやっとのことで頷く。

すると桜虎は早歩きで、布団の上で身を起こしている志乃の傍らへとやってきた。

「具合は大丈夫なのか？」

「あ……。そこまで重症というわけでは……ごほっ」

過度な心配をさせたくなかったが、話しているうちに志乃は咳込んでしまう。

桜虎は眉間に皺《しわ》を寄せ、志乃の顔を覗き込む。至近距離から美麗な顔に見つめられ、志乃の心臓は飛び跳ねた。

「あまり良くなさそうではないか。顔色もとても悪い」

「……実は寒気がひどくて」

もう誤魔化すのは難しそうだと判断した志乃は、正直にそう言った。すると桜虎は手のひらを志乃の額に当てた。

桜虎の手のひらは、自分よりもずっと大きかった。優しい温かみを額に感じ、体を覆っていた寒気が少しだけ和らいだ気がした。

「高熱ではないか。誰かに氷嚢《ひょうのう》を持って来させよう。……まだ用意されていないなんて。女中たちは看病に回ってくれていないのか」

そういえば、柳が呼んだ時に来てくれたくらいで、他の女中たちは志乃の様子を伺いに来てくれてはいない。

女中の中では深雪が幅を利かせているから、きっと彼女が怖くて志乃の看病をするのが難しいのだろう。

「俺が今から持って来よう。何か他に欲しい物はあるか」

「い、いえ。桜虎さんの手を煩わせるわけには」

高熱の苦しさを和らげてくれようとするのは嬉しいが、まさかこの屋敷の主に看病をしてもらうなど、申し訳なさすぎる。

しかし桜虎はそんな志乃を見つめて、頬を緩ませる。

「何を言っている。君は俺の妻だぞ。伴侶が苦しんでいるのだから、俺が面倒を見て当然――」

「志乃さまのおっしゃる通りでございますわっ！　桜虎さまが看病などする必要はありません！　私にお任せをっ」

涼やかな桜虎の声を遮ったのは、女性の高い声。深雪だった。

深雪はつかつかと志乃の寝室に入ってくると、桜虎と志乃の間に入るように立ちふさがる。

　そして布団の上に座る志乃を見下ろしながら、満面の笑みを顔に貼り付けてこう言った。

「志乃さま、気が回らなくて申し訳ございませんでした。さあなんなりとお申し付けください。私が心を込めて看病いたしますわ」

　一見優しい笑顔なのに、青い瞳には恐ろしいほどに圧が込められていた。

　志乃の隣で一部始終を傍観していた柳は、「こわ……」と呟き身震いをして、逃げるように寝室から出て行く。

「えっと……あの」

　神経の太い志乃は、別にこれしきのことで深雪に恐怖心を抱いたというわけではなかったし、彼女に面倒を見てもらう気ももちろんまったくなかった。

　しかし、嫉妬心の塊となっている深雪をここで拒否したら、今後さらにひと悶着ありそうな気がして、なんて言葉を返したらいいのか分からなかったのだ。

　そんなふうに、志乃が困っていると。

「……まて深雪。俺が志乃の看病をすると言っているのだ。それを差し置いて、何事だ」

　低い声で桜虎が言う。

　怒っている……というほどではないが、不機嫌そうな声だった。

「えっ。で、ですが私は桜虎さまのお手を煩わせたくなくって……！」

仏頂面の桜虎に焦ったのか、深雪は慌てた様子で言う。大きな瞳を潤ませて見上げる様は、なんとも愛らしい。

きっと大多数の男性は彼女に魅了されてしまうだろう。

しかし、その大多数の男性には当てはまらなかったのか、桜虎が深雪の可憐さにほだされた様子はなかった。

いまだに眉間に皺《しわ》を寄せている。

「……それだけか？」

深雪をじろりと見据えて、桜虎が尋ねる。

深雪はびくりと身を震わせた。

「な、何のことでございましょう……？」

「俺が気がついていないと思ったか？　君はどうやら志乃のことが気に入らないようで、今までさまざまな嫌がらせをしていたではないか。まあ、軽い悪戯のようなものだったし、志乃は自分で解決しようとしていたようだったから、口出しするのは控えていたが」

「え……」

意外な桜虎の言葉に、志乃は驚きの声を漏らす。

――多忙でほとんど話もできないほど屋敷にはいらっしゃらなかったのに。まさか、深雪さんの行いを見抜いていただなんて。

しかもそれだけではない。

深雪の些細ないびりなどほとんど気に留めずに過ごしていた志乃の内心についても、桜虎は気づいていた様子だ。

きっと、桜虎は志乃を尊重して、あえて黙認していたのだろう。

――だが、しかし。

「しかしこれはさすがにやりすぎだ、深雪。……俺の妻の体になんてことをする」

圧を込めた声で、深雪を咎《とが》める桜虎。

寝込むほどの風邪を引かせるような嫌がらせは、さすがに桜虎も見逃すわけにはいかなかったようだ。

恋焦がれてやまない桜虎に非難された深雪は、その美しい顔をみるみるうちに歪めて、わっと泣き出した。

「だ、だって！　私桜虎さまをずっとお慕いしていたんですものっ。で、でも所詮私は女中だから諦めていたのっ。桜虎さまの相手が美人のお嬢さまなら諦めもつくけれど、なんでよりによってそんな平凡な女！　それなら私が選ばれたってよかったじゃないっ！　うわーん！」

涙声で胸の内をぶちまける深雪。

志乃は志乃で「確かに……」と彼女の心中を察する。

しかし桜虎は、まったく動じた様子もなく眉ひとつ動かさない。ひょっとしたら、深雪の想いをすでに知っていたのかもしれない。

「桜虎さま！　あやかしが見える人間だからという理由で、その女を選んだんでしょう⁉」

涙を流しながら、深雪がまくし立てるように問うと、桜虎は迷わずに頷く。

「まあ、そうだが」

その言葉に志乃は少し落ち込んでしまった。

ここ最近の桜虎の振る舞いからあらぬ期待を抱いてしまったけれど、やはり自分はその条件だけで選ばれていたのだ。

——最初から分かっていたじゃない。希望を抱いた私が馬鹿なのよ。

だが、しかし。

「愛のない結婚をさせられてかわいそうな桜虎さま！　それならば私は妾《めかけ》という立場でもいいわ！　桜虎さま、私を……」

「いや。俺は志乃を愛しているが」

桜虎から信じられない言葉が聞こえてきて、耳を疑う。

「……えっ⁉　お、桜虎さま、今なんと……」

深雪も受け止められなかったようで、恐れおののいた様子で聞き返す。志乃も、いまだに聞き間違いではないかと疑っていた。

しかし女性ふたりが狼狽していることなど気に留めた様子もなく、桜虎はこう言った。

「何か勘違いしているようだが。確かにあやかしが見える人間だから、というのは結婚の決め手ではあった。しかし能力だけで俺は志乃を選んだわけではない。俺は志乃を大切にしようと決めて娶《めと》ったのだ」

桜虎があまりにも内容にそぐわない淡々とした声で言葉を紡いでいくので、志乃はいまだに理解できなかった。

桜虎が、自分を愛していると告げたことを。

大切にしようと考えて妻にしたと断言したことを。

「そんな……う、嘘よ……」

深雪は呆然とした面持ちになり、ふらふらとした足取りで志乃の部屋から出て行ってしまった。

桜虎は退出していく深雪の方をちらりと見たが、後を追うことも言葉をかけることもせずに志乃に向き直る。

「さ、しっかり布団に入れ。熱があるのだから、温かくしていないと」

「は、はい」

桜虎に促され、志乃は起こしていた半身を素直に戻し、かけ布団をかぶった。

すると彼は、その傍らに腰を下ろす。

「お、桜虎さん。看病は有り難いですが……。あまり私に近寄ると風邪がうってしまいます」

遠慮がちに言うと、桜虎は口元だけで小さく笑った。

「俺は半妖だから、人間とは体の作りが違う。人間が引く風邪がうつることはないから、案ずるな」

「そ、そうなのですか。それは知りませんでした」

――見た目は人間にしか見えないけれど、やっぱり半分はあやかしなんだ……。

志乃は改めて桜虎が半妖であることを実感した。

「最近忙しくて、ほとんど会話もできずにすまない。新婚だというのにな」

「い、いいえ」

「……早く治るといいな」

そう言った後、桜虎は志乃の手を優しく握ってきた。

突然触れられたことに、また志乃の心臓はぴくりと大きく鼓動する。

触れ合っているのは手だけだというのに、桜虎の手があまりに温かく、そして優しくて。

まるで全身を彼に包まれているような、そんな錯覚に志乃は陥ってしまう。

——私を愛していると言ったあの言葉。まさか、本当なの？

「あの、桜虎さん」

「なんだ」

「先ほど深雪さんに向かって、『志乃を愛している』と……おっしゃってくださいましたよね。私を大切にしようと決めて娶《めと》ったとも」

「そうだな、言った」

「……とても、嬉しく思います。しかし恐れ入りますが、信じられなくて。私たちは、出会ってすぐに結婚を決めたので」

恐る恐る志乃は言う。

夜会の日に、志乃が木葉を手当てしたことを知って、桜虎は結婚を決めた様子だった。彼が自分に好意を抱く暇なんてなかったように思える。

桜虎が志乃に一目惚れ……と考えればおかしくはないかもしれないが、残念ながら自分は一目で男性を魅了するほどの美貌は持ち合わせていない。

しかし桜虎が嘘をついている様子もない。

だから純粋に疑問だったのだ。桜虎がなぜ、自分なんかを愛そうと思ったのか。

すると桜虎は笑みを深くして、近づいて志乃の顔を覗き込んだ。茶色がかった美しい双眸《そうぼう》には、優美な光が宿っている。

「俺が君を愛そうと思ったきっかけ……。君が気を悪くするかもしれないから、あまり言いたくはなかったのだが」

「え……。気になります。どうぞおっしゃってください」

「まず、君に興味を持ったきっかけは……夜会での君の様子がとても面白かったからなんだ」

「……え?」

意外な言葉が出てきて、志乃は思わず間の抜けた顔をしてしまう。

「夜会にいた令嬢たちは皆、目が疲れてしまうような派手な衣装に身を包んで、ギラついた目で俺を見ていた。しかしそんな中、君は素朴なワンピース姿で終始つまらなそうな顔をしていて」

「あ……。た、確かに。退屈を覚えておりました」

貴子さん早く諦めてくれないかな、一刻も早く帰りたい、としかあの時は思っていなかった。

一応、そんな気持ちは隠しているつもりだったが、ばっちり表に出てしまっていたらしい。

するど桜虎は、おかしそうに笑う。

「はは。実は夜会の最中、俺もまったく同じ思いを抱いていてな。あの日、君にも少し話しただろう？……あれは親戚たちを納得させるために開いた夜会だった。心の底から早く終わらないかなと思っていたんだ。そんな時に見かけたのが、君のつまらなそうな顔だ。『そうだよな、こんな欲にまみれた場所、退屈だよなあ』と、俺は勝手に君に共感してしまった。目が合った時にも一切俺に興味がない様子で、白けた顔をしていただろう。とても新鮮だった」

「……そ、そうだったのですか」

夜会での桜虎は終始無表情で、確かに出席者たちの中では異質さを放っていた。

しかしまさか彼も、自分と同じように「退屈だ、つまらない」などと思っていたとは。

「それで木葉に『あやかしが見える女性がいる。傷の手当てをしてもらった』と聞いた時、直感で、それはあの仏頂面だった女性ではないかと思ったのだ」

「え……なぜでしょう？」

「なんとなくとしか言えんが……。夜会に興味がない女性は、細かいことを気にしないのではないかと思ったんだ」

「え？」

「種族の違うあやかしを受け入れられるような心の広さがある者は、世俗のくだらない常識に囚われていないのではと……。そうしたら案の定、君だった」

そう言って、ぎゅっとさらに強く、しかし優しく志乃の手を握り締めてくる。

「俺は嬉しかったよ」

見つめられて、手を握られて。そしてさらに「結婚相手が君で嬉しかった」と告げられて。

志乃の鼓動は高まり、頬は熱を持っていく。

「君の行動が面白かった、だなんて言ってすまない。しかし正直に伝えたかった」

「いえ。でもまさか、私の令嬢らしからぬ態度に興味を持っていただけたなんて。桜虎さんも、物好きですね」

「はは、そうかもな。しかし君の予想外の行動は、それだけでは終わらなかった。この屋敷に来てからも、退屈だから女中の仕事をしたいなどと華族の妻らしからぬことを申すし、深雪に嫌がらせされても平然として笑っているし。本当に見ていて飽きないよ」

「そうですか……？」

志乃にしてみればいつも通りの行動だというのに、桜虎にとっては大層物珍しかったらしい。

何を面白がられているのかはよく分からないが、桜虎が気に入っているのなら問題はないのだろう。

「それで、下働きのあやかしと混じりながら甲斐甲斐しく、笑顔で働く君を見て。深雪に意地悪されてもびくともせずに、自分の力で何とかしようとする君の心の強さを知って。……俺は君に惹かれたのだ。俺たちはまだそんなに一緒に時を過ごしてはいないが、それでもどんどん君への想いが増している。……信じてくれるか、俺が君を愛していることを」

まっすぐな光を湛《たた》えた瞳にも、はっきりとした声で紡がれた言葉にも、一切の嘘は感じられない。

夜会での自分の正直な行動を桜虎が気に入ってくれたことに、純粋に嬉しさを覚えた。

桜虎はありのままの自分をあのひと時だけで見抜き、見初めてくれていたのだ。

――この結婚に、心の繋がりなんて期待するべきじゃないと自分に言い聞かせてきたのに。桜虎さんは、私のことを……

現実味がないほどの幸福感が、志乃の腹の底から湧き上がってきた。

「……はい。信じます」

あまりに嬉しくて、少し涙ぐみながら志乃は言ってしまう。

そんな志乃を、桜虎は相変わらず見つめていた。

その視線は少し熱を帯びている気がする。

――え、こ、これは。まさか。

志乃ははっとしてしまう。

現在、この部屋には新婚の夫婦ふたりきり。しかも輿入れしてから桜虎は多忙を極めており、ふたりだけの時間は実質初めてだった。

愛を語り合った後ということもあり、夫婦の営みを行うにはあまりにも自然な流れだ。

しかしもちろん経験のない志乃は、ぼんやりとした知識しか持っておらず、こんな時にどうすればいいのかまったく分からない。緊張のあまり体が強張《こわば》る。

桜虎は、ゆっくりと志乃に顔を近づけてきた。

接吻される、と、思わず志乃は瞳をぎゅっと閉じてしまった。

――すると。

次に感じたのは唇ではなく、軽く頭を撫でる優しい手の感触だった。

「そんなに緊張しなくてもいい。君は風邪を引いているのだし、さすがにこんな時に求めない」

鼻でふっと笑った後に、桜虎は言った。

「あ……そ、そうでしたね」

緊張を誤魔化すように志乃は作り笑いを浮かべた。

頭はぼうっとしていたが、いつの間にかそれは桜虎に愛を告げられたせいだと思い込んでいて、自分が体調不良であることを忘れてしまっていた。

「それに、とても急な結婚だったからな。君はきっとまだ気持ちが追い付いていないだろう。……夜伽は君の心の準備ができてからにしよう」

相変わらず桜虎の語り口は淡々としているが、節々に優しさがにじみ出ているのが感じられた。

――普段はあまり表情も変えないし、口数も多くないけれど。こんなに忙しそうなのに、いつも私を気遣ってくれるし、微笑みかけてくれて、こうしてじっくりと話をしてくれる。私と正面から向き合おうとしてくれているのが分かる……。とても嬉しいわ。

男性ならばそういった欲求はあるはずなのに、志乃の心が整うまで待つと言ってくれた。

パッと見は冷淡な印象を受けるが、やはり本当は広い心を持つ優しい人なのだろう。

志乃は桜虎の内面について、すでにそんな確信を持っていた。

形ばかりの結婚なのだから……と思っていた時には、自分の気持ちを押しとどめていたけれど。この人のことをもっと知りたいと、志乃は強く思い始めていた。

「そうだ、氷嚢《ひょうのう》だったな。俺が持って来よう」

そう言って桜虎は立ち上がり、志乃に背を向けて歩き出した。

「ありがとうございます」と志乃が告げると、「あ」と何かを思い出したかのように桜虎は振り返った。

「俺に対してそんなに丁寧な言葉遣いはしなくていい。……いや、むしろしてほしくないのだが」

「え？」

意外な桜虎の申し出に、志乃は小首を傾げた。すると少し照れた様子で、桜虎はこう続けた。

「かしこまった物言いをされると、君との間に距離がある気がして。……できれば、君が麗羅や柳にしているように、俺と会話してくれないか」

友人だと思っている麗羅と柳には、尊敬語も丁寧語も一切使っていない。

主にそんなくだけた言葉遣いをしていいのだろうか、と一瞬迷った志乃だったが。

——だけど確かに、取り繕った言葉だと桜虎さんと本音を言い合えない気がするわね。

そうしたら、もっと桜虎さんのことを知ることができるかしら？

愛を知らずに育った自分には、まだ誰かを愛する気持ちというのはよく分からないけれど。

彼を愛せるようになりたい。

――だから。

「分かりまし……いいえ、分かったわ」

満面の笑みを浮かべて志乃がそう言うと、桜虎は頬を緩ませて頷いたのだった。


次の日には志乃の熱は下がった。

まだ少し体にだるさは残ってはいたが、普段通りの生活ができるくらいには回復していた。

思えば、桜虎と会話をしてから急激に体調が良くなった気がする。

病は気からという言葉があるが、桜虎に愛を告げられて、心が満ち足りたおかげで体調も回復したのではないか……と志乃は密かに思った。

桜虎は、昨日で用事が一段落したようで今日は屋敷にいて、女中に交じって掃除や洗濯を行う志乃の身を案じてくれた。

「桜虎さんが看病してくれたおかげで、もう大丈夫よ」

「そうか。しかしあまり無理しないようにな」

元気よく志乃が告げると、小さく微笑んで優しい言葉をかけてくれた。

また深雪はというと、寝室でのひと悶着の後は会話をしていない。

朝食の席ではいつも通り給仕をしてくれたが、凍てついたような無表情を顔に貼り付けていて近寄りがたかったし、廊下ですれ違っても目を逸らされる。

――まあ、深雪さんにとって今の私は視界にも入れたくない存在よね……

そんなことを考えながら、廊下の窓ふきを行っていると。

「志乃さま～！　もう風邪大丈夫なんだねっ」

木葉がパタパタと足音を立てながら駆け寄ってきた。志乃は手を止めて、彼に体を向けて微笑む。

「ええ、もう大丈夫よ。心配をかけたわね」

「とにかくよかったよ～、元気になって。……あ、そういえば聞いたよ。深雪が志乃さまに吹雪を浴びせたせいで風邪を引いたって」

気まずそうに木葉が言う。志乃は苦笑いだ。

「……ああ。でも一日で風邪は治ったし、別にそんなに気にしてはいないわ」

「そうなの？　よかったー、志乃さまがあんまり怒っていなくて。……おいらこう見えても結構古株だから、深雪がここにやってきた時のことも覚えててさ。もちろん今回のことは深雪が悪いけど、ここに来た時のことを思うとあんまり責められないんだよね……」

あやかしは、種族によっては実年齢に伴わないような若々しい外見をしている場合がある。

人間に化けた木葉は、どう見ても志乃より年少の十代半ばくらいの少年の姿をしているが、古株ということは、実際の年齢はもっと上なのだろう。

「深雪さんがやってきた時のこと……。一体どんな状況だったの？」

気になった志乃は尋ねる。

「ここに来た時はまだ子供でさ。悪い人間に捕まって、見世物小屋で無理に働かされていたんだよ。妖力の強い雪女《ゆきおんな》は、人間の目に映る妖術を使えるから、出し物として都合が良かったんだろうね」

「見世物小屋に……」

志乃は見世物小屋の興行を見たことはないが、噂は聞いたことがある。

体の不自由な人が無茶な芸をやらされていたり、誘拐した子供に蛇を飲み込ませたり……といった、真偽の分からない話ばかりだったが、志乃の個人的な道徳観念からすると、あまり気持ちのいいものではない。

もし見世物小屋の実態がその噂通りだとしたら、深雪は相当劣悪な環境に身を置いていたのだろう。

「それで、人間にこき使われて衰弱していたところを桜虎さまが助けてくれてね。その時からずっと、深雪は桜虎さまをお慕いしているんだ」

「――そうだったの」

言わば、深雪にとって桜虎は過酷な環境から救い出してくれた救世主なのだ。妄信的な恋心を抱いたって、無理はない。

「うん。桜虎さまが初めて与えた着物を、直してずっと大切に使っているくらいだもん。志乃さまも見たことがあるかな？　雪の結晶柄の着物だよ。深雪にしては、ちょっと地味なやつ」

「あ……。ええ、覚えているわ」

この前、深雪に風邪を引かされたあの日。朝食の席で給仕をしてくれた時、深雪がまとっていたあの着物のことだ。

華やかな流行の柄の着物をいつもかわいらしく着こなしていることの多い深雪が、素朴で裾のほつれた着物を着ていたので、印象に残っていた。

――そっか。深雪さんは、そこまで桜虎さんを。

「深雪って普段は心優しくて、仕事も真面目なんだよ。……桜虎さまと志乃さまの結婚については、たぶん本人も、どうにもならないこととは分かっているんだと思うんだ。けど、どうしてもやりきれなかったんだろうね。だから志乃さまが深雪の行動を大目に見てくれていて、本当によかったよ」

同僚の深雪の心情を慮《おもんぱか》っての木葉の言動に、志乃は心を打たれる。

また、木葉にこう言わせる普段の深雪は、薄々思っていた通り、本当に優しいあやかしなのだろう。

木葉の言葉を聞いて、志乃がこれからどうしようかと思案を巡らせていると――

「志乃、深雪の話聞いたかい？」

麗羅と柳が、深刻そうな顔をして志乃の元へと寄ってきた。

「え、何の話だろう？」

「座敷童《ざしきわらし》の女中さんが言っていたんだけどにゃ。外に働き口が見つかったって話で、二日後にここを出て行くんだってにゃ……」

柳の返答は予想もしていなかった内容で、驚いて木葉と顔を見合わせる。

木葉は目を見開いていた。

「え……⁉　深雪さんがここを出て行くって……」

「おいらもびっくりだよ。深雪って、すごく仕事できるから仕事の誘いは今までもたくさんあったんだけど、全部断ってたんだよね。たぶん、桜虎さまの近くに居たくて屋敷にとどまっていたんだろうと思うけど。そんなこんなでいつの間にか古株になっちゃったんだよ」

「あー……それじゃ、桜虎と志乃のことをついに認めて、自分は身を引くために出て行く気になったんだろうかねえ……」

木葉の言葉に、麗羅がどこかしみじみと言った。

深雪とはあまり馬が合わない様子の麗羅だったが、心底嫌っているわけではなく、いなくなると知って、どこか寂しい気持ちなのかもしれない。

――深雪さん、いなくなってしまうんだ。

麗羅の言う通り、今この折に深雪が屋敷を出て行くとなると、志乃の存在が原因となっている可能性が高いだろう。

自分の立場からこんなことを言うのはおこがましいかもしれないが、きちんともっと話してみたかった。

木葉の言う、心穏やかで優しい深雪と会ってみたかった。

「そっかー、やっと深雪も心を決めたんだね。深雪の将来にとってはいいことだと思うよ。それに深雪が来てくれると知ったら、きっと奉公先の方も喜ぶよ。だからさ、別に深雪が出て行くのは、志乃さまのせいではないからね」

深雪のことを考えていたら、深刻な顔になってしまっていたのかもしれない。案じてくれたのか、木葉が優しい言葉をかけてくれた。麗羅と柳もうんうんと頷いている。

皆の気遣いが嬉しくて、志乃は破顔する。

「ありがとう、みんな。……それより、桜虎さんは今どこへ？」

「昨日まで忙しかったから、今日はのんびりするって言っていたけど。たぶん自室にでもいるんじゃないかな？」

「そうなのね。木葉、ありがとう。……ちょっとお話をしに行ってくるわ」

三人にそう告げて、志乃は桜虎の自室へと向かった。

ドアを二回コンコンと叩くと、「どうぞ」と、あの涼やかな声が聞こえてきた。

「失礼しま……失礼するわ」

うっかり丁寧な言葉遣いをしてしまいそうになって、志乃は慌てて言い直した。

そんな様子に、ソファに腰を沈めて読書をしていた桜虎は、少しだけ頬を緩ませる。

「何かあったか？　……まあ、特に用がなくても、志乃が俺に顔を見せに来てくれたのなら嬉しいが」

「え……」

真顔で甘いことを言う桜虎に、戸惑ってしまう。

桜虎は、外見や表情は終始冷静そうなのに、言葉や行いは思いの外情熱的だ。その隔たりが、ますます彼を魅力的な男性に見せている気がする。

「本当は志乃と茶でも飲んでゆっくり過ごしたかったのだ。……だが、志乃が一生懸命仕事をしているものでな」

「えっ……。そうだったの？　気づかなくてごめんなさい」

まさか、桜虎がそんなことを考えていたとは。

昨日の『俺は志乃を愛しているが』という彼の言葉が蘇り、危うく赤面しそうになる。

――本当に、私のことを大切にしようとしているんだ。

桜虎の愛を実感し、嬉しさがこみ上げてくる。

彼の提案通り、この後ふたりでのんびり過ごすことを想像して楽しい気分になったが、本来の目的を思い出して、慌てて想像を頭の隅に追いやる。

「もしよければ、今からでもどうだろうか」

「それもとても心惹かれるんだけど……。ごめんなさい、実は桜虎さんに頼みがあって来たの」

「頼み？　俺にできることなら、なんなりと」

机の上の、読んでいた本をぱたりと閉じて、真剣な面持ちで志乃の方に向き直る桜虎。

きっと、心優しい彼ならば自分の提案に乗ってくれるだろう。

「反物を一反、買ってくださらないかしら。できれば、今から一緒にお店に行きたいの」

志乃の言葉に、桜虎は「なんだ、そんなことか」とふたつ返事で了承したのだった。

二日が過ぎ、深雪が橘の別邸から出て行く日になった。

屋敷の門の近くでは、風呂敷を背負った深雪の周りに、見送りのあやかしたちが集まっている。

「深雪さん、元気でねー！」

「新しいとこでも頑張るんだぞー！」

皆が深雪の新しい門出を祝ってはなむけの言葉を送っている。この様子だけでも、深雪が屋敷のあやかしたちに普段から慕われていたことが分かる。

「……みんな、ありがとう」

深雪も涙ぐみながら、見送りの皆に応えていた。

志乃は麗羅と柳と共に、深雪を囲む輪の外にいた。

深雪からしてみれば、その空間にあまり志乃は入ってきてほしくないだろうと思ったから。

だが、志乃の隣には桜虎が佇んでいた。

夫婦なのだから隣同士なのは当然なのかもしれないが、これでは深雪も挨拶しづらいだろうなと彼女の心情を慮《おもんぱか》る。

しかし深雪は、ひと通りあやかしたちとの別れの挨拶をし合うと、ゆっくりと桜虎の前へとやってきて、きれいな動作で跪《ひざまず》いた。

そんな深雪が身に着けているのは、すでに色褪せている、あの雪の結晶柄の白地の着物だった。

「……桜虎さま。今まで大変お世話になりました」

「そんなに仰々しく挨拶をしなくてもいい」

「いいえ。桜虎さまは私の命の恩人でございますから。もうお別れなのですから、これくらいさせてください」

「――そうか。新しい場所での深雪の幸せを、心から願っているよ」

桜虎が穏やかな声でそう言うと、深雪は顔を上げて嬉しそうに微笑み「有り難き幸せにございます！」と声を張り上げた。

そして深雪は、志乃の方へと向きなおった。

途端に深刻そうな面持ちになり、何を言われるのだろうと志乃は内心ハラハラしてしまう。

――しかし。

「……志乃さま。数々のとんだご無礼を、申し訳ありませんでした」

深雪は静かな声で、ゆっくりと志乃にそう告げた。

その丁寧な言い方は、取り繕った謝罪には聞こえなかった。心からのお詫びなのだと、志乃は受け取る。

しかし、まさかいつも憎まれ口ばかり叩かれてきた深雪から、そんな言葉をもらえるなんて思っていなかったのだ。志乃は、困惑して何を言ったらいいのか分からなくなってしまう。

「えっ……。い、いえ。わ、私は、そんな……」

「……。志乃さまは、あまり私の顔を見たくはないでしょう。もう、旅立ちますね」

志乃に背を向けて、颯爽と歩き出す深雪。戸惑っていた志乃だったが、このままでは餞別《せんべつ》が渡せないと、慌てて追いかける。

「ま、待って！　深雪さん！」

呼び止めると、深雪はゆっくりと振り返る。

とても怪訝そうな顔をしていた。

厄介者がいなくなるのに、何を追いかけてきたのだろうと不思議に思っているのかもしれない。

「何か？」

「深雪さんに餞別《せんべつ》があるの。……気に入ってくれるといいんだけど」

「餞別《せんべつ》……？」

眉をひそめる深雪に、志乃は和紙に包んだ浴衣を見せた。

全体の色は紺だが、銀や金の糸で刺繍された雪の結晶が艶やかに散りばめられている華やかな柄だ。色白な深雪には、よく似合うだろう。

「……何よ、これ」

志乃からの餞別《せんべつ》など、まったく予想していなかったのだろう。丁寧な言葉遣いも忘れ、深雪は唖然《あぜん》とした顔をする。

「深雪さんにどうしても贈りたくて、私が仕立てたの。ギリギリになってしまったけど、間に合ってよかった」

あまり時間がなかったため、この二日間はほとんど寝ていない。

うつらうつらしながら作業した時間もあったため、志乃の指先には針の刺さった跡がたくさんある。

「反物は俺が選んだのだ。……今の深雪に似合う柄をと思ってな。昔贈った柄では、成長した君には少々物足りなく思えてな」

桜虎の言葉の後、深雪は呆然とした面持ちのまま、志乃から着物を受け取った。

深雪はしばしの間言葉を発さなかったが、やがて俯いて、呟くように言葉を紡ぐ。

「……あんたが私に贈り物なんて。馬鹿みたい」

志乃を気に入らなかったはずの深雪らしい言葉。しかしその声からは、悪意は感じられない。

素直ではない深雪の様子に、志乃は思わず頬を緩ませる。

しかし深雪が俯いたままで不安になったのか、桜虎は申し訳なさそうにこう言った。

「深雪。君の気持ちに応えられなくて申し訳ない。だが俺は志乃を――」

「ふふ。とどめをささないでくださいませ、桜虎さま。……あなたさまの気持ちはもう分かっておりますとも。だって私は、ずっとあなただけを見ていたのですからね」

顔を上げた深雪は、瞳を潤ませながらも微笑んでいた。

「――そうか」

「ええ。桜虎さまと出会えて、深雪は大層幸せでございました」

噛みしめるように深雪は言う。木葉から深雪の境遇を聞かされていた志乃は、感慨深い気持ちになり涙ぐんでしまう。

すると深雪は志乃の方を向いて、どこか不敵な表情になった。

「……私があんたに負けたとは思っていないけれど。桜虎さまがあんたを選んだ理由が、ちょっと分かった気がするわ」

「深雪さん……」

「この浴衣、結構いいじゃない。……有り難く頂戴するわ。せいぜい、桜虎さまの足を引っ張らないようにね」

そう言ってふっと鼻で笑い、深雪は踵《きびす》を返した。そして地を踏みしめるようなしっかりとした足取りで、橘の別邸を後にしたのだった。

第三章　乙女はダンスが苦手である

深雪が屋敷を出てからしばらく経ち、志乃も橘の別邸での生活に慣れてきた。

相変わらず、桜虎は昼間はどこかに出かけていることが多かったが、忙しい合間を縫って、朝食と夕食は志乃と共にしてくれるようになった。

行き場をなくしたあやかしの保護や、ここを巣立つあやかしの職探しなどを主に行っているらしいが、詳細はあまり聞かされていない。

一度、桜虎の外での仕事を手伝いたいと申し出たが「屋敷の穏やかなあやかしとは違って、外のあやかしは狡猾《こうかつ》だったり獰猛《どうもう》だったりすることも多い。そういう者から志乃を守るのも俺の役目なのだよ。それに志乃は、屋敷で十分役に立ってくれているじゃないか」と、やんわりと断られてしまった。

今までの志乃が凶悪なあやかしに出会わなかったのは、実は大変な幸運だったらしい。

――まあ、私はあやかしが見えるだけだものね……。そんなんじゃ、桜虎さんのお仕事のお役には立てないか。

そう納得した志乃は、屋敷での自分の役割を果たそうと、屋敷のあやかしたちと女中の仕事をしたり、中庭を散歩したり、時にはベーゴマやめんこ、お手玉に興じたりした。

あやかしたちはベーゴマの回し方を知らず、「こうやるのよ」と志乃が紐を巻いて投げてみせると大層に喜んでいた。

そんなふうに過ごしているうちに屋敷のあやかしたちとは、だいぶ親しくなってきたと思う。

桜虎からは、自分の留守中に、志乃に屋敷のあやかしたちの取りまとめをやってほしいと言われていたので、最近のあやかしたちとの関係を告げると顔を綻ばせていた。

――桜虎さんのお仕事を直接手伝うことは難しいみたいだけれど。彼が留守にしている間に屋敷を守ることで、間接的に支えられていると思うと嬉しいわ。

九条家で貴子の機嫌を取りながらおっかなびっくり過ごしていた頃からは想像もつかないほど、穏やかで充実した日々を志乃は送っていた。

そんなある日の夕食の席で、桜虎は一枚の封書を取り出し、志乃にこう言った。

「来週、舞踏会に誘われた。ぜひ夫婦で出席してほしいとのことだ」

「えっ……ぶ、舞踏会⁉」

思わず聞き返してしまう志乃。

舞踏会など志乃は行ったこともない。

桜虎と出会った夜会では、社交ダンスに興じている男女はいたが、出席者全員が踊っているわけではなかった。

しかし舞踏会と銘打った催しならば、きっと皆がダンスすることを求められるのだろう。

「懇意にしている俺の叔父からの誘いだから、出席しようと思う。……だが志乃、何をそんなに焦っている？」

「わ、私ダンスなんてまったくやったことがなくって……。立ち方も、手の取り方すら分からないの。ドレスだってないし……」

貴子が家庭教師からダンスの教えを受けている場面は何度か見たことがあるが、見た目以上に複雑そうな動きをしていて、自分には無理だろうな、まあ踊る機会は訪れないからいいけれど……と思った覚えがある。

それに社交ダンスとなれば、見栄えする洋風のドレスが必要だろう。

輿入れの際に、桜虎がある程度の着物や洋服を志乃の寝室に用意してくれていたが、ドレスはなかったと思う。

「なんだ、そんなことか。ダンスなら俺が教えるから大丈夫だ」

「えっ？　桜虎さんが？」

「ああ。それなりに手ほどきは受けているからな。女性の動きもだいたい分かる。ドレスは新しく仕立てよう」

桜虎はさらりと言うが、ダンスを教えるのも、ドレスを仕立てるのも、彼の手を煩わせる気がして志乃は恐れ多くなってしまう。

必要最低限中の最低限の生活しか送っていなかった志乃は、誰かから何かを与えられるということに、ひどく申し訳ない気持ちになってしまうのだった。

「……ごめんなさい。私ダンスも知らないし、ドレスも持っていなくて。お忙しい桜虎さんの時間をとらせてしまうわね」

そんな思いを込めて恐る恐る志乃が言うと、桜虎は訝しげな顔をした。

「ん？　なぜ謝るのだ志乃。楽しみではないか」

「楽しみ……？」

「志乃とダンスを踊るのも、新しいドレスを作るのも、俺にとっては楽しいことでしかない。夜会の時は地味なワンピースだったし。あの時の君も可憐だったが、惜しみなく着飾った君を見られると思うと心が躍るよ」

当然のように桜虎は言った。

志乃を元気づけようとしているのではなく、心から自分がそう思っているのだと示すように。

「そ、そんなに楽しみなの？」

「当たり前だ。志乃と夫婦らしく、何かができるのだからな。君と過ごせる時間は、俺にとって大切だ。……あ、そうだ。ドレスは百貨店へ行って仕立てよう。他にも志乃が必要な物があれば買おうか」

相変わらず表情の変化は乏しいし、言葉の調子も淡々としていた。しかし、声の節々がいつもより少しだけ弾んでいるように聞こえた。

──本当に、楽しみにしてくれているんだ。私と過ごす時間を。

桜虎のうきうきしている様子を見せられて、卑屈な自分の考えが逆に申し訳ないように志乃は思えてきた。

「──分かったわ。ダンスの踊り方、よろしくね。ドレスも楽しみだわ」

と、志乃が顔を綻ばせると、桜虎は満足そうに頷いた。

あくる日、早速日本橋の百貨店へとふたりは赴くことにした。

橋の別邸を出ると、すでに馬車が用意されていた。やけに若そうな佇まいの御者は、帽子の下をよく見たら木葉だった。

屋敷では普段からきびきびと動いている木葉だが、まさか馬車まで操れるとは。本人も言っていたが、やはり外見より年齢を重ねているのだろう。

桜虎と志乃が馬車に乗り込むと、木葉が馬車を走らせる。

桜虎は「いい物が手に入るといいな」と志乃に言った後は、目を細めてただ景色を眺めていた。

しかし会話がないというのに、不思議と志乃は気まずさを覚えなかった。

自分の隣に座り、そよ風を浴びている桜虎は、無表情だったがどこか機嫌が良さそうに見えた。

志乃は百貨店に足を踏み入れたことがない。

貴子が母親と頻繁に行っては、大量に服飾品を購入していたのは知っていたが、そんなふうになんでも売っているお店も世の中にはあるのだな、くらいのうっすらとした認識しか持っていなかった。

だから、馬車が止まった時に目に入ってきた、見事な佇まいの洋風の建築物に、志乃は圧倒された。

白いレンガを積み重ねて建てられた、左右対称の均整な異国風の建物は、店というよりは城といわれた方が納得できるほどの、美しく豪奢な佇まいだった。

建物は、窓の並びからすると地上五階ほどだろうか。確か地下一階もあると貴子が話していた覚えがある。

――この中が全部、お店だっていうの？

あまりにも荘厳で美麗な様子に、馬車から降りた志乃は、百貨店の入り口で立ち尽くしてしまう。

「さ、入ろう」

そんな志乃の手を取って、桜虎は慣れた様子で入店していく。入り口には、本物かと見紛うほど精巧な作りの獅子像が鎮座していた。

「洋裁店は三階だったと思う。エスカレータで行こう」

「は、はい」

少し前までの自分とは不釣り合いすぎる百貨店の様子に、戸惑いながらも志乃は桜虎の言葉に頷く。

エスカレータも存在は知っていたが、もちろん乗ったことはない。

階段が動くとは一体どういうことなのだろう……と思いながら、乗り場にたどり着くと。

文字通り階段が動いていて、またもや驚かされてしまった。

洋服を着たモダンガールが颯爽とエスカレータに乗り込む光景は、異国を通り越して異次元にすら志乃には感じられた。

「わっ……」

桜虎に導かれるようにしてエスカレータに乗った志乃だったが、動く階段についていけず、桜虎の方へと寄りかかってしまった。

「ご、ごめんなさい」

「構わない。最初は慣れないだろう、俺に掴まっていていい」

よろけた志乃を軽く抱き留めて、桜虎ははっきりと言う。その口調は、どこか楽しそうにも聞こえた。

エスカレータで三階に着くと、目の前に洋裁店があった。新たなドレスやワンピースを買い求める婦人たちで、店は賑わっていた。

桜虎が店主の男性に話を伺うと、この店ではすでに仕立て済みのドレスを購入するか、布地から選び体に合わせてドレスを一から仕立てるかの、二通りの購入方法があるとのことだった。

「実は舞踏会まであまり日がないのだ。布地から仕立てては間に合わないのだろうか？」

桜虎が問うと、店主は申し訳なさそうにこう答えた。

「ただいま注文が込み合っておりまして、完成までに二週間ほどはかかってしまいます。大変恐れ入りますが、既製品を微調整して奥さまの体に合わせる形がよろしいかと……」

「ふむ……そうか」

少し残念そうに桜虎は言う。

光沢を放つ華やかな既製品のドレスに目移りしていた志乃は、なぜ彼がそんな反応をしているのか分からなかった。

「桜虎さん、どうしたの？　既製品のドレスだって、とても美しくて私にはもったいないくらいよ」

「いや……。初めて志乃と一緒に選ぶ物だったから、できれば世界にひとつだけの物をと思ったのだ」

「え……」

表情を変えずに、あっさりと甘いことを言う。相変わらず、口調、表情と言葉の内容がかけ離れている。

――桜虎さんって、やっぱり思いの外情熱的よね。

「しかし、確かに既製品のドレスの中にも良い物がありそうだな。――うむ、この中から志乃に似合うものを選ぶことにしよう」

「は、はい」

鼓動が速くなっている心臓に気を取られながらも、志乃は頷く。

そこからは、試着の嵐だった。

志乃は橙色と水色のドレスのふたつで迷い、どちらかにしようと思ったのだが、桜虎が「こちらの桃色と紺色の物も良いのではないか？　……あ、若草色のも」などと、次々に試着用のドレスを持ってくるので、着せ替え人形さながらの状態にされてしまった。

だが、結局。

「さ、最初に選んだ橙色のドレスが一番しっくりくるわ」

人の手を借りないと着られないドレスを何着も試すのは、とても体力のいる作業だった。

七着ほど桜虎に試着を促された後、疲労を感じた志乃は控えめな声でそう告げた。

「……そうか。しかし若草色の物も良く似合っていたが。あ、両方購入するか？」

「い、いえ！　一着で大丈夫よ」

名残惜しそうに言う桜虎に、志乃は勢いよく首を横に振る。

舞踏会用のドレスが二着あったところで、あまり着る機会があるとは思えなかったし、そもそもこんな高価な物を二着も桜虎に買わせるなど恐れ多すぎる。

「志乃がそう言うのなら。確かに、橙色がもっとも志乃に合っていた気がする。だが、あのドレスを着る時は髪を結えばもっと似合うだろうな」

本日は、ゆるやかに巻いて下ろしていた志乃の髪。それを撫でるように触りながら、桜虎は言った。

吸い込まれるような大きな双眸《そうぼう》に見つめられながら熱っぽいことを言われ、志乃は少し頬を赤らめてしまう。

「そ、そうね。今日の髪も麗羅がやってくれたんだけど、彼女は髪結いがとても得意だから、舞踏会の日も頼んでみるわ」

「うむ、俺からもぜひお願いしたいな」

そういうわけで、橙色のドレスを購入する運びとなった。

再度試着をし、袖丈やウエスト部分など、志乃の体に合わせて詰める手筈を整え、代金を支払って店を後にした。

やっと終わった……と思っていた志乃だったが。

「次は和服屋に行こう。その後は、装飾品を見ようか」

当然のように提案する桜虎に、志乃は虚を衝かれる。

「えっ……。今日はドレスを見に来たのでは？」

「もちろんそれが第一の目的ではあるが、他にも必要な物があれば買おうか、と昨日申したであろう」

そういえば、そんなことも言っていたような気がする。

私はもう満足よ、と言おうとしたが、乗り気な様子で言葉を紡いだ桜虎の手前、そうは言い出せない志乃だった。

結局、洋裁店と同様、桜虎が気に入った服や装飾品を次々と試させられた志乃。

途中で、試着している商品が自分に似合っているのかそうでないかもよく分からなくなってきた。

桜虎の「うん、とてもいいと思う」という言葉に従うように「では、それで……」と言っているうちに、買い物は終了した。

結局、両手では持ちきれないほど桜虎が着物やら髪飾りやらを購入したので、配送手続きまですることになってしまった。

「わ、私の買い物だというのに。桜虎さんはとても乗り気なのね」

一段落して、エスカレータ脇に置かれていた木製のベンチにふたりで腰を下ろす。

志乃の言葉に、桜虎は機嫌良さそうにこう答えた。

「いや、だってとても楽しかったのだ。妻が身に着ける物を選ぶのが、ここまで楽しいとは俺も思わなかった」

「どうしてそんなに楽しく思ってくださったのかしら？」

「きっと、今まで見たことのないかわいい志乃がたくさん拝めたからだろうな」

「えっ……」

――またこの人は、素知らぬ顔であっさりと甘いことを。

志乃はその度に、いちいち心臓が反応して落ち着かなくなってしまうというのに。

……だがもちろんやめてほしいわけではない。素直に嬉しかった。

「あ、あれはなんなのかしら⁉」

そんな気持ちを誤魔化すかのように、志乃は少し離れた売り場を指差した。「古今東西・珍品店」というのぼりが上がっていて、老若男女が陳列された商品をしげしげと眺めている。

「どうやら期間限定の催事場のようだな。珍しい物が売っているようだ。志乃、見てみるか？」

「うん！」

ドレスや着物の豪華な品ぞろえにも圧倒されたというのに、それらを普段から備えている百貨店が珍しい物だと銘打っている売り場に、志乃は俄然興味がわいた。

陳列されていたのは、日本各地の名産品だ。遠い地方の焼き物や、名物の菓子や、工芸品が主だった。

多彩な糸で織られた京都西陣織《にしじんおり》の帯は、目を見張るほど美しかった。

その中で、特に志乃が気になったのは。

――仕込み刀？

そう書かれた立札が置かれていた一角には、扇子や煙管《きせる》、杖などが陳列されていた。

どれも意匠が凝らされている品物に見えたが、刀とはいったいどういうことなのだろう。

「ほう。仕込み刀か。これだけの種類、俺も初めて見た」

志乃が疑問に思っていると、まじまじと品物を眺めながら、感心したように桜虎が言った。

「どれも普通の扇子や杖にしか見えないけれど……。仕込み刀って、一体何のことなの？」

「この扇子にも煙管《きせる》にも、実は刀が仕込まれているんだよ。隠し武器、暗器とも言うな」

「え、ここにあるもの全部に⁉」

「そうだ。ほら、見てごらん」

閉じた状態の扇子の柄を桜虎が引っ張ると、鞘のように抜けて、中から銀色に光る刃が表れた。

「へえ……。これは面白いわね」

「そうだな。明治に廃刀令《はいとうれい》が発布されてから、このような暗器が士族の間で流行ったんだ。今では、仕込み刀を携帯するのは一応禁止されているが……。まあ、護身用に隠れて持っている婦人は多いと聞く。この扇子なんかは、とても女性らしい柄だしな」

「そうね、かわいいわ」

鮮やかな紅の麻の葉模様の扇子の中に、まさか鋭い刃物が仕込まれているなんて。

外見とは裏腹の鋭さを携えている仕込み刀に、志乃は心惹かれた。

「志乃、気に入ったのか？」

「え……。あ、うん」

桜虎に尋ねられて、志乃は曖昧に笑って頷く。

先ほどまで大量にお金を使わせてしまったので、さらに物をねだるのはさすがに気が引けたが、今日百貨店で見た中で、この扇子の仕込み刀は、正直一番惹きつけられた品物だった。

「そうか。それでは、護身用にひとつ持っておくといい。早速会計してこよう」

「あ……。ありがとう」

今日一日、志乃に関することにお金をつぎ込むのに、桜虎は一切躊躇《ちゅうちょ》する素振りを見せなかった。

悪いな……と思いつつも、今日見た品物の中でもっとも気に入った扇子が手に入ることに、志乃は心を躍らせた。

そして、桜虎が渡してくれた扇子を大切に懐にしまうと、最上階のカフェーで休憩を取ることになった。

席に座って品書きを眺めていると、桜虎がこう尋ねてきた。

「志乃は甘味が好きだったな」

「え……う、うん。でもどうして知っているの？」

橘家に住まうあやかしには甘味好きな者も多く、カステーラやあんぱんなどが手に入ると、皆でお茶を煎れて味わっていた。

志乃もあやかしたちに混ざって食べていたが、特に桜虎に甘味が好物だということは言っていない。

だが、甘味を楽しんでいたのを桜虎に見られた覚えはある。

「はは。菓子を食べる時の志乃の顔は、いつもとてもおいしそうでな。あの顔を見れば、誰だってそんなことは分かる」

「え……」

――そんなにおいしそうに食べていたかな……

なんだかはしたないような気がして恥ずかしくなったが、桜虎はそんな志乃を全然気にした様子もなく、メニューを指差した。

「アイスクリームを食べてみないか。きっと志乃は気に入ると思う」

「えっ、いいの？」

明治の頃は、アイスクリームは庶民では到底手を出せないほどの高級品だった。

しかし、大正に入ってからは工業生産されるようになり、カフェーやレストランで提供されたり、アイス売りが往来を売り歩いたりするようになり、一般にも広く普及するようになった。

だがこれまで自由に使える金などないに等しかった志乃は、一度も口にしたことがなかった。

貴子が食べてきたという話を聞いては、冷たくて甘いアイスクリームって、どんな味なのだろう……と想像するのが関の山だった。

「もちろんだ。よし、頼もう」

「う、うん！」

桜虎が給仕にコーヒーとアイスクリームをふたり分頼むと、数分後にアイスクリームが志乃の目の前にやってきた。

――これが、アイスクリーム。

象牙色の表面をスプーンですくうと、硬くてうまく取れなかった。何度か挑戦したら少し溶けてきたのか、スプーンにアイスクリームが一口分乗る。

わくわくしながらそれを口の中へと志乃は入れた。

想像以上に冷たくて目を閉じる。爽やかな甘みが口の中に伝わって、じんわりとした幸福感を覚える味だった。

「――その顔が見たかった」

「えっ⁉」

アイスクリームを堪能していたら、ぼそりと桜虎が呟いたので、慌てて目を開ける。

桜虎は口元だけで笑い、どこか満足そうに志乃を眺めていた。

食べ物を味わっている姿を見られるのはやはり少し恥ずかしかったが、桜虎の温かい視線を受けて、志乃もなんだか心が和んだ。

「そんなふうに志乃がおいしそうに味わってくれたら、食べられたアイスクリームも嬉しいだろうな」

「ふふっ。桜虎さん、案外かわいいことを言うのね」

「そうか？　……あ、のんびりしていたら溶けてしまうぞ」

そう言われて器の中を見ると、アイスクリームの端が少し溶けて液体になっていた。いけない、と志乃は急ぎ目で食べることにした。

桜虎はあっという間にアイスクリームを食べ終え、コーヒーをたまにすすりながら、目を細めてそんな志乃を眺めていた。ふたりの間には穏やかな空気が流れている。

――本当に、私は桜虎さんと夫婦になったんだ。

改めて志乃はその事実を実感する。

馴れ初めからして常識外れだったし、嫁いだ先はあやかしだらけだったりで、どうも結婚したという感覚が今まで芽生えていなかったのだ。

――私に身寄りがないせいで、両親の顔合わせや結納もなかったし……

そう考えた瞬間、志乃ははっとする。

自分に両親がいないことはさておき、桜虎には父親がいるはずだ。そして、母親についてはまったく聞かされておらず、どんな人なのかも知らなかった。

しかも志乃は桜虎の父に会ったことがないし、輿入れの際に「今後おいおい」と言われたきり、今日まで会うという話も出ていない。

それに結婚式の話も、まったく話題に上がらなかった。

いくら身寄りのない女を嫁にもらったとはいえ、橘家はれっきとした華族なのだから、結婚式を行わないのは不自然に思えた。

「桜虎さん。……気になることがあって、ちょっと聞いてもいいかしら」

アイスクリームを完食してから、志乃は尋ねた。

「なんだ」

「あの……。私、あなたのご両親にお会いしたことがないわよね。一度ご挨拶した方がいいと思うのだけど……。それに結婚式はしないのかしら？　いえ、別に結婚式がしたいわけではないのだけど、体面上どうなのかなと思ったの」

桜虎は表情を強張《こわば》らせ、背筋をただした。まずいことを聞いてしまったのかと焦る志乃だったが、桜虎は逡巡《しゅんじゅん》した様子の後、口を開いた。

「……すまない。あまり話題にしたくない事柄だったから、つい話すのを後回しにしてしまっていた」

「あっ、ごめんなさい。そんなことを聞いてしまって」

「いや、いいんだ。俺の妻になったのだから、誤魔化さずに最初に説明をしておくべきだったよ。申し訳ない」

　そう言った後、桜虎は一度息をついてからこう続けた。

「両親は離縁していて、母は橘家から出て行ってしまったからいない。……そして実は、俺は父と折り合いが悪くてな。もういい年なのだから結婚しろという電報はたまにもらっていたのだが……。いざ志乃とのことを報告したら『そうか。後はお前の勝手にしろ』と」

「え……」

　想定外の桜虎と両親の関係に、志乃はかすれた声を漏らしてしまう。

　桜虎の父は、「帝国の勝利王」というふたつ名のついた、名高い陸軍軍人だということは知っている。

　特にサーベルと銃の腕は右に出る者がいないとすら言われており、戦場では鬼神のごとく活躍していたのだ……と貴子がベラベラ喋っていた。

　そしてそんな父が離縁したという母は、桜虎が半妖だということを踏まえると、あやかしの女性ということだろう。以前に木葉が桜虎について「人間のお父上とあやかしのお母上をお持ちだから」と話していた覚えもある。

——つまり、桜虎さんのお父さまは、あやかしを愛するような前衛的な人ってことよね。子供までもうけたのに、どうして離縁しちゃったのだろう？

桜虎の両親について気になることは山ほどあったが、彼の口調に重苦しさを感じたので、それ以上尋ねるのは憚られた。

しかしその状況ならば、確かに結婚式は難しいだろう。

結婚式は家と家との繋がりを確かめる儀式でもある。実の父が非協力的ならば、挙げる意味は薄まる。

「結婚式については本当に申し訳ない。俺も志乃の花嫁姿は見たいと思っているのだが。……そうだ。客を招かずに、屋敷の皆だけで行う式はどうだろう。近い吉日にでも」

「考えてくれてありがとう。それは楽しそうでいいわね」

麗羅や柳をはじめ、心を通わせつつあるあやかしたちに囲まれてのささやかな結婚式。かしこまった豪奢な式よりも、志乃は何倍も心惹かれた。

「よし。では少しずつ準備していくか」

「うん！」

「志乃が喜んでくれたようでよかった。……しかし、本当に諸々申し訳ない。俺が半妖なせいで父も母も……」

申し訳なさそうに紡がれた桜虎の言葉は、それ以上は続かなかった。

――俺が半妖のせいでって、どういうことだろう。

桜虎が父と仲が悪いのも、父と母が離縁したのも、彼が半妖であることが関係しているのだろうか。

しかし明らかに繊細な事柄に、志乃はやはりそれ以上は問えなかったのだった。

桜虎の叔父にあたる橘正光《まさみつ》は、明治に橘家が創立した大きな紡績会社の社長をしている。

本日の舞踏会は、その会社の創立二十周年を祝う祭事だった。

百貨店で桜虎と一緒に選び、自分の体に合わせた橙色のドレスを身にまとった志乃は、彼に手を引かれながら馬車から下車した。

麗羅が時間をかけてきれいにまとめてくれた夜会巻は、自分にきちんと似合っているのだろうか。

――ちゃ、ちゃんと桜虎さんの妻らしく振る舞えるかしら。

緊張で体が強張《こわば》ってしまう。

社交ダンスは桜虎が熱心に教えてくれた。舞踏会直前に「これくらいできれば大丈夫だろう」というお墨付きは、一応彼からもらっている。

しかしダンスの練習を始めた当初は散々なものだった。

社交ダンスの性質上、男性と体を密着させながら踊るのだが、あれが志乃の心臓にはとても良くなかった。

律儀に志乃の心の準備ができるのを待ってくれている桜虎とは、まだ接吻すらかわしていない状況なのだ。

そんな志乃が、桜虎と体をくっつけながら踊るなど、困難極まりなかったのだ。主に精神的に。

何度か練習を重ねていくうちに、うるさいほどに鼓動する心臓の音も、体の火照りもだいぶ収まったが、本番ではまた緊張すること間違いなしだろう。

――そつなくこなせますように。

橘家の本邸と勝るとも劣らないほど立派で豪華な洋館を前にして、志乃はそう神に祈る。

――すると。

「緊張しすぎだ、志乃」

くすりと小さく笑いながら、桜虎が言った。自然と彼の手を握る力が強くなっていたことで見抜かれていたらしい。

「えっ……。うん、そうね。でも私舞踏会なんて初めてだし、やっぱり落ち着かないわ」

「大丈夫だよ。正光叔父さんはとても心の広い人だから。志乃がダンスで失敗しても、ご愛嬌ということにしてくれるはずだ」

「そ、そうなの？」

それならば少しは平常心でいられるかもしれない。――たぶん。

願望を込めながら桜虎と共に屋敷の中へと入り、舞踏会の会場である大広間へと進んだ。

するとすぐさま、五十代くらいと見られる品の良さそうな夫婦が桜虎と志乃の方へと駆け寄って来た。

「桜虎！　よく来たな。とてもかわいらしいお嬢さんではないか」

「そうね、可憐で優しい雰囲気で、あなたにぴったりだわ」

目じりに皺《しわ》を寄せて、正光とその妻は言った。

――こちらが正光さまと奥さまね。

確かに桜虎に聞いていた通り、とても穏やかそうな夫婦だ。

白髪交じりの正光は燕尾《えんび》服を隙なく着こなしていた。年齢を感じさせないしゃんと伸びた背に、気品が感じられる。

正光の妻は艶やかな菫《すみれ》色の着物が良く似合っていた。顔には年相応の皺《しわ》はもちろん刻まれていたが、うなじや細い手首からは上品な色香が漂っており、とても魅力的な女性だった。

「叔父さま、叔母さま、ご無沙汰しております。私の妻になった志乃です」

「は、初めまして」

桜虎からの紹介を受けて、慌てて挨拶をする。

もっと優雅に言いたかったのに、唇が強張《こわば》ってしまい、たどたどしい口調になってしまった。

「はは、そんなに緊張しなくてもいいんだよ志乃さん。子供の頃からかわいがっている桜虎にこんなにかわいいお嫁さんが来てくれて……。今日はここに来てくれただけで、私は嬉しいんだよ」

「そうよ、今日はふたりで楽しんでいってちょうだいね」

と、ふたりとも志乃に優しい眼差しを送る。

「は、はい！」と答えた志乃の緊張は、その優しさのおかげで少しだけ和らいだ。

「あ、そうだ桜虎。少し前にうちに来た深雪さんだが」

正光が桜虎の方を向いて、深雪の話題を始めた。

実は深雪は、正光の元で働いているのだった。

正光の会社が行っている事業は、紡績以外にも食品や鉄鋼など幅広い分野にわたっている。

食品事業の一環でアイスキャンデーの往来販売も行っていて、深雪は人間に化けてその仕事を行っているのだ。

その話は志乃も聞かされていた。正光は志乃と同じあやかしを視認できる人間で、桜虎が保護したあやかしの働き口を積極的に提供してくれているとのことだった。

そもそも橘家では代々、あやかしが見える人間が多く誕生しているらしい。あやかしの女性と結婚した桜虎の父も、もちろんその例に漏れないと。

「深雪ですか。ちゃんと働いておりますでしょうか？」

「もちろん！　期待通り、とても活躍しているよ。ずっとうちにお誘いしていたからね。来てくれてとても嬉しかった。雪女《ゆきおんな》の力でアイスキャンデーは溶けにくくなったし、真面目な仕事ぶりに加えて、あの美貌だ、彼女目当てにやってくる客も多くてね。今じゃ自慢の看板娘だよ」

尋ねた桜虎に、正光は満面の笑みで答えた。彼の妻も、にこやかな表情で頷いている。

――奥さまも、あやかしに対して理解があるみたいね。桜虎さんが言っていた通り、心の広いおふたりだわ。

桜虎にこんなに心強い後ろ盾があったとは。

現代で行き場のないあやかしに居場所を見つけてあげるだなんて、あまり他言はできないし、協力してくれる人間など本当にいるのだろうか、と少し前まで思っていた志乃は、叔父夫妻を見て安堵する思いだった。

――私も、自分のできることをして桜虎さんの手伝いをしていこう。本当に微力ながらだけど……

その後、四人で軽く雑談してから、いよいよ志乃は桜虎とダンスを踊ることになった。

大勢の出席者が注目する中でのダンスは、やはり緊張してしまった。「あれが正光さんの甥の……。結婚なさったのね」なんて声も聞こえてきた。

結果、練習よりもステップの踏み方はたどたどしくなったし、頭が真っ白になって踊り方すら忘れてしまった瞬間もあった。

だが、しかし。

「志乃、大丈夫だ。俺の動きに合わせて」

志乃が慌てる度に、桜虎が失敗を目立たせないようにリードしてくれたり、「この後は右足を前に」などと小声で次の動作を教えてくれたりしたので、一応踊り切ることができた。

「頑張ったな、志乃」

一曲終えた後、桜虎が志乃の頭を撫でるように軽くポンポンと叩いて、ねぎらってくれた。

「う、うん……！　ありがとう、桜虎さん」

彼に不意に触れられて、志乃はつい顔を赤らめてしまったが、なんとか難所を乗り切れたことに嬉しさもこみ上げてきた。

それを噛みしめながら、練習からずっと一緒に取り組んでくれた桜虎に心からの礼を言う。

桜虎は優雅に微笑んで頷くと、辺りを見渡した。

「陸軍の知人が何人かいるな。ちょっと挨拶をしてくる」

「ご挨拶？　それなら私もご一緒した方がいいかしら」

「いや……。気のいい奴らなのだが、女性に飢えている連中だから、志乃を連れて行くと冷やかされそうだ。不快な思いをさせてしまうかもしれないから、志乃はのんびり休憩していてくれ」

それは確かに面倒そうだなと感じた志乃は、桜虎の言う通りひとりで待つことにした。

皆がダンスしたり談笑したりする中、ほとんど知り合いのいない志乃は会場の隅に佇み、高貴な人々が舞踏会を楽しむ様子を眺める。

――華族の妻として、着飾ってこんな場にいるなんて。少し前の私なら想像もつかないわね。

そんなことをぼんやりと考えていた時だった。

「……なんでこんな地味な子が桜虎さまの妻なのかしらねえ」

「本当にね。ダンスだって目も当てられないほど、下手だったし」

はっきりとした嫌味を言われて、志乃は思わず声のした方を見る。

そこには、豪奢に着飾った見るからに上流階級の令嬢がふたりいて、志乃に蔑むような視線を送っていた。

「ちょっと、本人に聞こえていたみたいよ。こっちを見てるじゃないの」

「いいじゃない、本当のことなんだし」

「それもそうね」

なんて言っては、いやらしい表情で笑うふたり。

——まあ、確かに本当のことだしね……。

毎日のように貴子から根拠のない罵詈雑言を浴びせられていた志乃には、令嬢たちの言葉などまったく響かない。

自分も彼女らの立場だったら「ずいぶん素朴な女性を桜虎さんは選んだんだな」と考えたに違いない。

そんなふうに考えていたら、つい彼女らの顔をじっと見てしまっていた。

——すると。

「……何よ。真顔でこっち見ちゃって」

「何か文句でもあるわけ？」

　嫌味に落ち込む様子も見せずに視線を送っていたことが、彼女らの気に障ったらしい。ふたりは苛立った様子で志乃の方へと詰め寄ってくる。

　――はっ。しまった。聞こえないふりでもしておくんだった。

　しかし陰で悪口を言うならともかく、貞淑さを求められる令嬢が正面からこうして突っかかってくることに、志乃は違和感を覚えた。

　あの貴子ですら、公式の場では志乃に優しいふりをするというのに。

　――と、とにかく機嫌を直してもらわないと。

　桜虎の叔父である正光の晴れの舞台で、揉め事など起こしたくない。

「あ、いえ。文句とか、そういうわけでは」

　作り笑いを浮かべて、志乃は慌てて弁明する。――だが。

「へらへらしちゃって。何なの？」

「桜虎さんはお情けで結婚してあげたに違いないのに。自分の立場、分かっていないんじゃない？」

　挑発にもまったく動じない志乃の態度は、さらに彼女たちを苛立たせてしまったらしい。

　――面倒なことになりそう。正光さまの会社の周年を祝う集いなのに……。厄介ごとは避けたいな。

などと考えながら、志乃が困っていると。

「志乃、待たせたな」

桜虎の声が背後からしたかと思ったら、背中に温かく優しい感触がした。

「え……。お、桜虎さん⁉」

なんと桜虎が、志乃を背後から抱きしめてきたのだった。驚き戸惑う志乃だったが、桜虎は志乃を抱きしめたまま、耳元でこう言う。

「つい話し込んでしまった。放っておいてすまなかったな」

相変わらず淡々とした声音だった。

しかしはっきりとした桜虎のその声は、まるで志乃と対峙していた令嬢ふたりに聞かせているように、志乃には感じられた。

「い、いえ。大丈夫よ」

「そうか。しかし人が多くて、少し捜してしまった。今日はもう、俺から離れないでくれ」

「う、うん。分かった」

「正光叔父さん以外のいろいろな人にも、志乃のことを紹介したいからな。俺の最愛の嫁だと」

「最愛の嫁」のところを強調するように桜虎は言った。

　――そして。

「ご令嬢方。この女性が、俺の嫁の志乃だ。ぜひ、お手柔らかに頼む」

　呆気に取られていた様子だった令嬢ふたりに、桜虎はそう言った。

　そしてそんな彼の瞳が、いつもよりきらめいた光を湛《たた》えているように志乃には見えた。

　少しの間、ふたりは心ここにあらずといったぼうっとしたような表情をしていた。

　しかし桜虎がゆっくりと瞬きをすると、はっとしたような面持ちとなる。

「も、もちろんでございますわ桜虎さま！」

「素敵な奥さままでございますわね！」

　と、笑みを浮かべて慌てた様子で言う。

　そして「それではご機嫌よう」と短く挨拶をすると、そそくさとふたりは去ってしまった。

　去り際に「わ、私なんであんなにイライラしていたのかしら……？」「公の場であんなことを言ってしまうなんて……ああ、恥ずかしいわ」という、ふたりの会話が聞こえた。

　一体どういうことなんだろう？　と志乃が思っていると。

「あのふたり、邪鬼《じゃき》に取り憑かれていたんだ」

「邪鬼……？」

聞き慣れない言葉に志乃が聞き返すと、桜虎がこう説明してくれた。

「あやかしの一種だ。目に見えないほど小さく、妖力もとても弱いが、人やあやかしの体内に入ると少々厄介でな。邪鬼に取り憑かれた者は、欲望や悪意を抑えきれなくなり、人目を憚らず傍若無人な態度を取るようになってしまう。少しの嫉妬や恨みくらい誰もが抱えていると思うが、それが恥や外聞を気にする余地もないほどに膨らまされてしまうのだ」

「なるほど……。そうだったのね」

華族令嬢ともあろうあのふたりが、みっともなく言いがかりをつけてきたことを志乃は不思議に思っていた。

それがあやかしのせいならば納得できる。

「だが、もうあのふたりに取り憑いていた邪鬼は俺の妖力で祓《はら》った。邪鬼の中でもとても弱いものだったから、簡単だったよ。だからもう大丈夫だ」

「桜虎さんの目がいつもより光っていたのは、そのせいだったのね」

「そうだ、よく気づいたな。――さて志乃。では、あとはのんびりとこの会を楽しもうか」

やっと背後からの抱擁を止めた桜虎は小さく笑って、何事もなかったかのように志乃に手を差し出す。

——桜虎さん、私があのふたりに嫌味を言われていたのを知って、助けに来てくれたのよね？

しかし、そのことにはもうあえて触れずに、さらりと流してしまう桜虎のさりげない優しさが、志乃の身に染みた。

——本当に。理知的で慈悲深い人。

「うん……！」

志乃は、そんな桜虎の妻となれたことを改めて誇りに思いつつも、深く頷いたのだった。

そして、しばらくの間桜虎と共に舞踏会を楽しんだ志乃だったが、手の込んだ料理を食し、満腹感を覚えたら、急に疲労が襲ってきた。

慣れない場所で慣れない振る舞いをし続けたせいだろう。

「ちょっとお手洗いに行ってくるわね」

桜虎にそう告げて、志乃は大広間を後にした。とにかく静かな場所で一息つきたかった。

厠《かわや》の鏡で髪型の乱れがないかを確認したり、ドレスの着こなしがおかしくないかをのんびりと見たりしてから、志乃は大広間へと続く廊下を歩く。

――夜会の時は、こうしてベランダにいた木葉に手当てをしてあげたことを志乃は思い出す。まさか怪我をしてお手洗いの後に木葉と出会ったんだったわね。

かあの行動が、桜虎との結婚に結びつくとは。今考えても、偶然が重なった不思議な縁だ。

そんなことを考えながら歩いていたら、曲がり角で誰かとぶつかりそうになってしまった。

「あ……。申し訳ありません」

すんでのところで志乃が立ち止まったので、その誰かと接触することはなかった。

しかし念のため、そのまま頭を下げる。

しかし、相手から何も返答がない。不思議に思った志乃は顔を上げた。

瞬間、驚愕のあまり息を呑んだ。

見た目は四十代後半といったところだろうか。

陸軍の軍服を一分の隙もなく着こなして、腰に細長いサーベルを佩《は》いた、背筋を伸ばした長身の男性だった。

黄土色、赤、黄の横縞の上に白い星が三つ並んだ肩章が目立っていた。

——確か、位が高くなるほど縞の色と星が増えるのだと聞いたことがあるわ。

軍に関する知識などあまり持ち合わせていない志乃でも、それくらいは知っている。よって、眼前の男性の位は相当高いことが見て取れた。

しかし、志乃が驚いたのは彼の軍人としての位の高さではない。

——深い光を湛《たた》える双眸《そうぼう》に、通った鼻筋、薄い唇。目の前にそびえるように直立する中年の軍人は、桜虎にそっくりだったのだ。

一目で桜虎の父君なのだろうと、志乃は分かってしまった。

しかし、桜虎はあまり表情を変えないのにも関わらず終始穏やかな気配を放っているが、目の前の男性からは高圧的で冷酷な空気しか感じられなかった。

一刻も早く、彼の視界から逃げ出したい衝動に駆られてしまうほどに。

しかし桜虎の父を前にして、嫁の自分があっさりと立ち去るのはどうか……と、逡《しゅん》巡《じゅん》した志乃は立ち尽くしてしまう。

すると、桜虎の父は目を細めて志乃を一瞥《いちべつ》した。その鋭い視線に、志乃は身をすくませる。

「……ふん。あやつ、あやかしが見える娘を選んだか」

低い声で、吐き捨てるように彼は言う。発せられる声にも、並々ならぬ威圧感が内包されていた。

——この人が、「帝国の勝利王」。名は確か、橘桜一郎《おういちろう》さま。

そして、桜虎と不仲だという彼の父親。

四十代後半くらいだろうと外見では推測したが、桜一郎の弟である正光は白髪交じりだったため、実年齢はもっと上かもしれない。

「……まったく。正光がどうしてもというから、任務を抜けてやってきたが。嫌なものを見てしまった。だから来たくなかったのだ」

大層不機嫌そうにそんな独り言を言うと、志乃に背を向けて歩き出す桜一郎。

軍用の長靴のかかとを規則正しくコツコツと鳴らせて歩く背中には、一分の隙もない。

荘厳ともいえる気配を放っていた桜一郎から解放された志乃は、安堵のため息をついた。

——桜一郎さま、一目で私のことをあやかしが見える娘だと見抜いたということかしら。

「あやつ、あやかしの見える娘を選んだか」と確かに彼は言っていた。

あやかしの女性を妻にしたくらいの人なのだから、ひょっとするとそれくらいは見ただけで分かるのかもしれない。

——それにしても。つけ入る隙のなさそうなお方だったわ。弟である正光さまの会社の周年行事だから、仕方なくいらっしゃったってわけね……。私に対して、嫌なものを見ただなんておっしゃっていたし。

志乃に対してそんな言葉を放つということは、やはり桜虎のことを相当嫌っているのだろう。

半妖である、実の息子を。

しかしどうしてそこまで嫌悪するのだろう。以前、桜虎が彼に何かしたのだろうか？

謎は深まるばかりだったが、大広間に戻って桜虎と顔を合わせても、桜一郎については尋ねられなかった。

桜虎があまり父の話をしたがらないことを踏まえると、禁忌に触れてしまうような気がしてならなかったのだ。

桜一郎の鋭い視線が、志乃の記憶にいつまでも残っていた。

第四章　乙女は浮気を疑う

煌びやかな舞踏会からしばらくの時が過ぎた。

志乃は相変わらず、女中の仕事を手伝いながら屋敷のあやかしたちと穏やかな時を過ごしていた。

麗羅と柳もだいぶここでの生活に慣れたようで、仲間と茶を楽しんだり遊びに興じたりしている様子をよく見かける。

だが、志乃は一抹の寂しさを覚えていた。舞踏会以降、桜虎が再び多忙になってしまったのだ。

昼間は当然のように不在だし、夜だって帰宅しないことも多々だった。最後に夕食を共にしたのはいつだっただろう。

桜虎が、行き場をなくしたあやかしの保護に関することで動いているのは、志乃も分かってはいる。

しかし、桜虎は相変わらず「危険だから、志乃はあまり知らなくていいことだ」と、志乃が尋ねても詳細を話すことはなかった。

確かに、非力な人間の自分が桜虎の役に立てるとは思っていない。自分は屋敷でできる限りのことをしよう――と当初は考えていた。

しかし志乃が桜虎の顔を見たのが何日前なのか分からないほど多忙を極めるのなら、少しくらい何をしているのか話してくれてもいいのではないか……と最近は思ってしまっていた。

二人で挙げようと決めた式のドレスの採寸の日にも、桜虎は急遽同席できなくなってしまった。久しぶりに会えると思ったのに、と志乃はとても残念だった。

――私のことを案じてくれているのは分かるけれど。

「俺は志乃を愛している」と、嫌がらせをしてきた深雪に断言したこと。

百貨店で、志乃がドレスを試着する度に顔を綻ばせていたこと。

舞踏会で、邪鬼に取り憑かれた令嬢たちから守ってくれたこと。

他にも、志乃のことを大切に思ってくれていると感じられる桜虎の行動は、数えきれないほどあった。

最初は彼の「愛している」という言葉を半信半疑で受け止めていた志乃も、今では素直に自分の胸のときめきを感じられるようになってきている。

しかし、だからこそ、桜虎の不在には恋しい思いで胸がいっぱいになってしまうのだった。

そして、それとは別に――桜虎の父・桜一郎の存在も大変気がかりだった。

尖鋭な光を宿した桜一郎のあの瞳を思い出すだけで、ぞくりと背筋が震える。あの時の彼は明らかに桜虎の嫁である自分に、嫌悪感を抱いていた。

それはすなわち、桜一郎が息子に対して何らかの負の感情を持っているということに他ならない。

――確かに、桜虎さんも父親とはあまり仲が良くないと言っていたけれど。私の想像以上に不仲みたいだわ……

ふたりの間に何があったのだろうか。

しかし桜虎が話したがらない繊細な親子問題について など、やはり自ら尋ねる気にはなれない。

「どうしたんだい、志乃。浮かない顔して」

麗羅が顔を覗き込みながら、志乃に尋ねてきた。志乃ははっとして、慌てて笑みを作る。

「な、なんでもないわ。ちょっと考え事をしていただけよ」

「そうかい？　それならいいけど……。なんだか、元気なさそうな顔をしているように見えたからさ」

「ううん、そんなことないわ。ありがとう、麗羅」

その言葉を信じたのか、麗羅は安堵したような面持ちになった。

現在志乃は、屋敷の中庭に置かれたテーブルと椅子に座り、麗羅と柳と共にカステーラを味わっていた。

桜虎が昨日、志乃へのお土産にと置いて行ったものだ。深夜に帰ってきた彼とは、顔を合わせることはできなかったが。

「桜虎さまのお土産のお菓子、とってもおいしいにゃ！」

口いっぱいにカステーラを頬張った柳が、うっとりとした表情で言った。

彼の二又に分かれた尻尾がピンと立っている様子から、心底喜んでいるのが見て取れる。

卵と小麦粉をふんだんに使用したカステーラは高級菓子と名高い。

もちろん志乃は初めて食したが、ふんわりとした食感に上品な甘さは、至高のおいしさだった。

「そうね。桜虎さんに会ったらお礼を言わないと」

「うんうん！　あー、また買ってきてくれないかにゃあ～」

「まったく柳ってば……。食べたそばからそれかい、もう」

柳と麗羅のやり取りがおかしくて、志乃は「ふふっ」と笑いを零す。しかしやはり、頭の中は桜虎のことでいっぱいだった。

──もちろん、麗羅と柳とこうしてお喋りしながら食べるのは楽しいけれど。桜虎さんとも、一緒に味わいたかったな。

いつの間にか志乃は、桜虎にすっかり心を奪われて、もっと共に過ごしたいと思うようになってしまっていた。

二人で味わうことを考えていたら、常にあまり表情を変えずに淡々と振る舞うにも関わらず、自分には甘いことを吐く桜虎の姿や声が蘇り、思わず赤面してしまいそうになる。

「しかし本当においしいねえ、このカステーラ。あたしが前に飲み屋で客から分けてもらった安物とは大違いだよ。どこのお店のカステーラなんだい？」

麗羅がフォークに刺した一口大のカステーラをまじまじと見つめながら言った。

「そうね……。あ、紙袋か包装紙に書いてあるかしら」

志乃はカステーラが入っていた紙袋を眺めてみた。

しかし店名などの記載はなく、袋の中に畳んでしまっておいた包装紙を手に取る。

きっと大層な高級店に違いないだろう……と、志乃が包装紙を開くと。

文月堂《ぶんげつどう》、と書かれた包装紙の隙間から、はらりと一枚の紙が床に落ちた。志乃は椅子から降り、屈んでそれを拾う。

紙は領収書だった。

カステーラを購入した時のものだろうと思った志乃だったが、記載された金額の高さにぎょっとし、二度見すると。

『貸座敷娼妓賦金領収書』という文字が志乃の目に飛び込んできた。

――これは……花街で発行されたものだわ。

記載された金額の高さから、飲食代だけでないと志乃は推測した。娼婦を買った金額なのだろう。

手が震える。

「志乃ー？　お店の名前、分かったかい？」

紙を拾った体勢のまま志乃は戦慄していたが、そんなことはつゆとも知らない麗羅が尋ねてきた。

「……文月堂だって」

なるべくさりげなく領収書を手の中に隠し、椅子に座り直して作り笑いを浮かべて答えたが、動揺のあまり声の節々が震えてしまった。

「あっ！　聞いたことあるお店だねえ。確か長崎《ながさき》の洋菓子店だね」

「長崎ってどこー？」

「ずっと南の方だよ。あたしも行ったことはないねえ」

店名に気を取られていたらしい麗羅は、志乃の変化に気づいた様子はなく、柳と会話を続けていた。

もしこの領収書を見られていたら、「桜虎を問いたださないと!」と向こう見ずな麗羅は突っ走ってしまうだろう。

領収書の存在を彼女に隠せたことはよかった。だがしかし。

――桜虎さん。女性を買ったの……?

志乃は血の気が引くほど動揺していた。

最近ほとんど屋敷にいないのは、遊郭に通っていたからだろうか。自分ではない女性に入れ込んでいるからだったのだろうか。

――私のことを愛していると言ったのは、嘘だったの?

そんな後ろ向きな考えばかりが脳内を支配し、ぐるぐると回る。麗羅と柳の楽しそうな会話が、とても遠くで聞こえた気がした。

麗羅と柳とのティータイムを楽しんだ後、志乃は女中たちの手伝いに戻った。

領収書を見た瞬間は深い絶望に覆われた志乃だったが、あの後少し冷静になって、さまざまな可能性を考えてみた。

あの領収書の宛名は「上様」と記入されていた。つまり桜虎宛てに発行されたものとは限らない。

それに自分は花街の相場をよく知らないではないか。位の高い女性と飲食しただけでも、もしかしたらかなりの高額になるのかもしれない。

そしてもし領収書が桜虎のもので、彼が女を買っていたのだとしても。

——私がいまだに体を許していないせいだわ。

あまり色事に興味がなさそうに見える桜虎だって、男性なのだ。そういった欲求はもちろん持っているはずだ。

実際、風邪で寝込んでいた志乃を艶っぽい瞳で見つめてきたことがあったではないか。

——男性は、女性と違って情事と愛を切り離して考えることができるって聞いたことがあるわ。

だから、例え桜虎が他に女を買っていたとしても、自分が愛されていないわけではない。

ただ欲求を満たすためだけの行為であるはずだ。

だって、桜虎は自分に大層優しくしてくれた。自分を見つめるあの熱のこもった表情に、嘘があるとはとても思えない。

だから、彼に他に女を買わせてしまったのは、いまだに貞操を守っている自分のせいなのだ——志乃はそう考えることにした。

そう考えることで、なんとか自分の心を保っていた。

もっとも残酷な可能性——桜虎が自分を愛していないという場合について、必死に考えないようにしていた。

しかしその日も桜虎は屋敷には戻ることはなかった。そしてあくる日も、その次の日も。

麗羅や柳をはじめとした屋敷のあやかしたちには、動揺を悟られまいと笑顔で接し、「大丈夫、大丈夫」と言い聞かせていた志乃の心も、次第に闇に覆われる時間が多くなっていく。

——桜虎さんは、やっぱりもう、私のことなんて。いいえ、もしかして最初から……？

やはり、あやかしが見えるという能力だけが欲しくて、桜虎は自分を娶《めと》ったのではないか。

自分をこの場所に縛り付けるために、「愛している」だなんて、心にもない戯言を言ったのではないか。

疑心暗鬼に陥った志乃は、そんなふうに考えては焦燥感やらやるせなさやらで、人目につかないところでひとり髪をかきむしってしまっていた。

その日も桜虎は夕食の席にいなかった。

あやかしたちは主人の不在に慣れているようで、特に話題にもしない。それが志乃の孤独感を一層強いものにした。

床についても、最近は寝つきが悪かった。昨日なんて一睡もできず、目の下にくっきりとクマができてしまった。百貨店で桜虎に買ってもらった白粉でなんとか隠し、あやかしたちに気づかれることはなかったが。

今日もすんなりと入眠することはできなかったが、昨晩まったく眠れなかったせいで次第にうとうとしてきた。

――しかし、その時。

部屋の扉が開く音が微かに聞こえてきた。

扉を開けた人物はなるべく音を立てないように開閉したようだが、深夜の静寂の中では志乃の耳にまで届いてしまった。

そしてその人物は、足音を潜めて志乃の床へと近寄ってきた。

危険な気配は感じなかったので、志乃は思わず瞼を閉じて寝たふりをしてしまった――すると。

「……ただいま、志乃」

彼――桜虎は静かな声でそう言った。

眠りについている志乃を起こさないように、彼が気遣ってくれているのが分かる。

志乃が次に感じたのは、頭を撫でられる感触だった。

温かく優しい手つきに、涙が零れそうになる。手のひらの温もりだけで、桜虎が自分を慈しんでくれているのが感じられた。

――だけど、こんなふうに優しくしてくれるなら、どうしてあなたは他に女性を買ったりなんかしたの。

桜虎の行動と、花街の領収書の存在がまったく結びつかない。

もはや志乃の精神はぐちゃぐちゃだった。もう、何も知らないふりはできそうもない。

このままでは、自分の精神が壊れてしまう。

「……桜虎さん」

志乃は目を開いて、桜虎の名を呼んだ。

桜虎は驚いたような面持ちとなる。

「志乃。すまない、起こしてしまったか。久しぶりに帰ってきたので君の顔が見たくて、つい」

「いいえ。もともと起きていたの」

そう言って志乃が身を起こすと、桜虎は驚いたようだった。

「起きていた？　もう丑三つ時だが、なぜこんな時間まで……」

「だって……。あなたの心が分からなくて」

「……？」

志乃が疲れた声でそう言うと、桜虎は怪訝そうな顔をした。何のことを言っているのか分からない、といった表情だった。

とぼけているのだろうか。それとも本当に心当たりがないのだろうか。

どちらなのかは分からなかったが、すでに取り繕う余裕のなかった志乃は、か細い声でこう尋ねる。

「最近桜虎さんが帰ってこないのは……遊郭に行っているから？」

「……！」

桜虎は目を見開いた。

その表情に、志乃は悟ってしまう。自分の中に生まれていたもっとも最悪な予想が、恐らく当たっていることを。

「先日、桜虎さんがくださったカステーラの紙袋の中に、花街の領収書が入っていたのよ。私は詳しくは分からないけれど……。とても高額だった。きっと、遊女を買ったのよね？」

「…………」

桜虎は何も答えない。違うとしたら、弁明するはずだ。真実だとしても、志乃を愛しているのなら「あれはただの遊びだ」くらいの言葉が出てくるのではないか。

もはや言い訳する気すら起きないのだろうか。

──私を愛していないから。

「……ごめんなさい。私がずっと、体を許していなかったせいよね。それでもう、桜虎さんの心は変わってしまったのよね」

「志乃、それは」

「いいえ。もしかして、最初から違った？　嘘だったのかしら？」

やっと桜虎が口を開いたが、ずっと募らせていた思いを吐き出すのを止めることはできない。

彼の言葉を遮って、矢継ぎ早に尋ねてしまう。いつの間にか、志乃の頬には涙が伝っていた。

「……ひどいわ。見せかけだったかもしれないけれど、あなたが優しくするから、私はいつの間にかあなたをお慕いするようになっていたのに。もう、あなたにこの身を委ねようと、思い始めていたのに──」

言葉は涙とともに溢れて止まらない。

「ねえ、『志乃を愛しているが』という言葉は、最初から嘘だったの？　私のことを……っ⁉」

言葉の途中で胸に圧迫感を感じて、息が止まった。桜虎がきつく志乃を抱きしめてきたのだ。

「志乃。……すまない。君にそんな思いをさせていたなんて、まったく気がつかなかった」

「あ……」

遊郭で女遊びをしていたのかどうかについては、まだ桜虎の口から真実は語られていない。

だが、力強く、しかし優しく抱擁してくる桜虎からは、深い愛情がにじみ出ていた。

志乃の強張《こわば》った心が自然と溶かされていく。

桜虎の「愛している」という言葉に嘘はなかったこと。

そして、まだ気持ちが自分に向いていること。

抱きしめられてすぐに、志乃は悟った。

それ以上は何も言わずに、しばらくの間志乃を抱擁した後。桜虎は志乃の頬に流れた涙を指でふき取り、見つめてきた。

「申し訳ない。今回の作戦は、綿密に水面下で行う必要があったから、屋敷のあやかしたちにも限られた者にしか話していなかったのだ。……だが、志乃にはちゃんと説明すべきだったな。俺のことを、もっとも知ってほしい君には」

「作戦……？」

遊郭や遊女とはまったくかけ離れた単語が出てきたので、志乃は思わず眉をひそめる。

「ああ。俺が遊郭に行っていたのも、遊女を買ったのも本当だ。……しかし、君が想像したようなことはしていない。すべては、人間に囚われて遊女にされてしまった華世《はなよ》……妖狐《ようこ》のあやかしを、救うためだ」

「囚われて遊女にされた、妖狐……！」

話が見えてきた。

普通なら、遊郭で女を買ったけれど情事には及んでいない、遊女を助けるためだ、などという言い訳は誰も信じないだろう。

しかし桜虎の場合は、あやかしがらみの行動だとしたら腑に落ちる。

「そうだ。しばらく前にこの屋敷を巣立っていった華世は、片田舎の団子屋で働いていたのだが、いつの間にか消息を絶っていてな。調べたところ、誘拐されて遊郭に売られ、無報酬で働かされているのが分かった」

「そんな……」

男が女を品定めし、金にものを言わせてその美しい体を楽しむ遊郭。

詳細は良く知らないが、世の中にはそういった場所だって必要だとは志乃も思うし、遊女としての仕事を誇りに思っている女性だっているだろう。

だが、体を売る気もない女性がある日突然かどわかされて、無理やり遊女にされてしまうなんて。

華世のことは、たった今話を聞かされただけで顔すら知らない。

しかし彼女の境遇を想像しただけでも、志乃は底知れない絶望感に襲われてしまった。

「は、早く助け出さないと！」

その妖狐——華世の状況があまりにも不憫で、一刻も早くそんな場所から救出したい衝動に駆られた志乃は、慌ててそう言った。

「そうなのだ。……しかし、思ったより状況が厄介でな。華世は妖力が弱く、変化以外の妖術がほとんど使えない。だからてっきり、ごうつくばりな人間に捕らえられたのかと思っていたのだが……。どうやら、天狗《てんぐ》が絡んでいるらしいのだ」

「天狗が……？」

あやかしに詳しくない人間でも、天狗については知っているだろう。

高い鼻と漆黒の翼を持ち、空を自在に飛び回るとされる天狗は、鬼と肩を並べるくらい有名な存在だ。

「そうだ。そいつを見つけ次第倒して華世を救出しようと思っていたのだが、人間に化けているのか、なかなか尻尾を掴ませなくてな。それで、調査のために遊郭に通っていたのだ。そういうわけで、俺が買った遊女は華世だ。彼女から詳しく話を聞くためには、そうするのが手っ取り早かった」

「……そうだったの」

安堵の息を漏らしながら志乃は言った。

虐げられているあやかしを救うために奔走していた桜虎を、疑って申し訳ない気持ちすら起きる。

「ごめんなさい。……華世さんのために、桜虎さんが毎晩一生懸命行動していたというのに、つまらないことで悩んでしまって」

桜虎はゆっくりと首を横に振る。

「つまらないことではない。……最近はほとんど一緒に居られなかったし、その上不穏な領収書まで見てしまったのだから、君が不安になっても当然だ。俺の落ち度でしかない。本当にすまない」

志乃を見つめて、優しく髪を撫でる桜虎。改めて、彼が自分を想ってくれていることを実感する。

「……ありがとう、桜虎さん」

と、志乃が涙ぐむと、桜虎はどこか不敵な笑みを浮かべた。

「しかし、先ほどの志乃の言葉は嬉しかったな。俺を慕うようになった、この身を委ねてもいいと思うようになった……と、言っていたな？」

「あ！　そ、それはっ……！」

狼狽《うろた》える志乃。

確かに、桜虎に恋情を抱いているのは事実だし、思いつめていた時は、桜虎が自分を見つめてくれるならこの身などいくらでも捧げると考えていた。

だが、桜虎の愛を改めて実感した今。

男女の情事について朧《おぼろ》げな知識しかない志乃は、体に触れられることにどうしても漠然とした恐怖を感じてしまう。

――だ、だけど。そろそろ桜虎さんを受け入れないと、本当に愛想をつかされてしまうかも。

「は、はい。確かに言ったわ。わ、私は桜虎さんを……」

たどたどしい口調で言葉を紡ぐと、桜虎はくすりと小さく笑って、志乃の鼻先を指でつついた。

「ははっ。無理するな。初心《うぶ》な君を見ているのも、それはそれで俺は楽しいのだからな」

「えっ……」

おっかなびっくりだが覚悟を決めた志乃は、桜虎の言葉に拍子抜けしてしまう。我慢させているのではと少し不安になったが、表情の変化に乏しい彼が珍しく、本当に楽しそうな顔をしていた。

「しかし、もちろん君を抱きたいという気持ちは俺も強くある。……どうだろう、遊郭での騒動がひと段落したら、また考えてくれないか」

「……はい」

照れながらも、桜虎の言葉に頷く。

再び桜虎からの愛を実感した今なら、心の準備をする時間がもう少しだけあれば、桜虎に身を任せることができる気がしていた。

桜虎は満足そうに口元を緩ませて、再び志乃の頭を撫でる。しかしすぐに真剣な面持ちになって、こう言った。

「それで、遊郭の件だが。天狗が化けている人間の正体の目星がついたから、実は明日の夜、華世を救出しに行こうと思っていた」

「えっ、そうだったの？　それはよかったわ」

できるだけ早く、そんな状況から華世を助け出したいと考えていた志乃にとっては朗報だった。

「ああ。……それで、俺が天狗と戦っている間に、華世を逃がす役が必要でな。屋敷のあやかしの誰か……木葉や麗羅にお願いしようかと思っていたのだが、志乃に頼んでもいいだろうか」

「えっ、私に？」

思いがけない提案に、志乃は驚きの声を上げた。

「ああ。華世を連れて大門の近くに止めた馬車に乗り込んでほしい。俺が天狗を引き付けておくから危険は少ないとは思うが、確実に安全とは言い切れない。本来は君を少しでも危ない目に遭わせたくはない。……だが俺は、君にやってほしくなった」

その言葉に、志乃は嬉しさがこみ上げてきた。

危険が伴うからと、外での仕事は桜虎が一手に引き受け、日々何をしているかもあまり聞かされていなかった。

それはそれで桜虎の愛情を感じられたが、やはり伴侶として彼のことをもっと手伝いたいし、手助けをしたかった。

だから今回の件で、本当の意味で初めて彼の役に立てる気がしたのだ。

庇護されるだけの妻ではなく、夫を支えられる存在へと昇華できた気がして。

志乃は心の底から、喜ばしいと思ったのだった。

「ええ。ぜひ私にやらせてほしいわ」

桜虎をまっすぐに見つめて、志乃ははっきりとそう答えた。

桜虎は再び志乃の頭を撫でると、ゆっくりと深く頷いたのだった。


あくる日、桜虎と屋敷で夕食を取った後。

華世を救出するべく、ふたりは遊郭へと向かうための準備を開始した。

「男の子に見えるかしら？」

自室の鏡台に座り、短髪のかつらと男物の着物を着用した志乃は、鏡に映った自分を眺めながら傍らの桜虎に尋ねる。

「まあ、見えないこともないかな。男にしてはちょっとかわいすぎる気がするが」

こんな時も真顔で甘いことを言う桜虎に、性懲りもなく照れながらも志乃は頷いた。

「そ、そう？　見えないこともない、なら大丈夫かしらね」

遊郭に遊女以外の女性がいたら目立ってしまう。そうなると、華世救出作戦に支障をきたす可能性が高まる。

木葉や麗羅など、あやかしであれば本来の姿に戻ればよい。しかし人間である志乃は、男装をして遊郭に潜入する必要があった。

とはいえ、平凡な女性の体格である志乃が、大人の男性に化けるのは無理がある。ふたりで思案した結果、桜虎の小姓として少年に成りすますことになった。

文明開化後、身分の高い男性の間ではびこっていた男色は禁忌とされた。しかし志乃は知らなかったが、現代でも歓楽街には客を取る少年がいるらしい。桜虎のお気に入りの少年ということにすれば、遊郭に出入りをしても不自然には見られないそうだ。

——とにかく、失敗しないようにしなくては。

志乃はあやかしが見えるだけの、ただの人間である。そんな自分が、悪いあやかしに立ち向かう作戦の一端を担っていると考えるだけで、心臓の鼓動が速くなる。

——でも、華世さんの運命がかかっているんだから。怖がっている場合じゃないわ。

そう自分に言い聞かせた志乃は、慣れないかつらと着物に緊張しながらも、いよいよ桜虎と共に遊郭へと出発した。

浅草寺裏に軒を連ねる、日本最大の歓楽街として名高い吉原遊郭へと。

木葉の操る馬車へと乗り込んだ桜虎と志乃。

作戦の最終確認などをしているうちに、遊郭の入り口である大門の前に到着した。

吉原には初めて近づいた志乃だったが、中を取り囲む塀の高さにゾッとする。さらにその塀は水路で囲まれていた。そして、大門には出入りを監視する門番である四郎《しろ》兵衛《べえ》の姿もあった。

て。――聞いたことがあるわ。水路もそびえ立つ塀も、遊女が逃亡するのを防ぐためだって。四郎兵衛《しろべえ》は、二十四時間常駐しているのだって。

そこまでして監視の目を光らせなければならない淫らな楽園がこの塀の中にある。生まれて初めて訪れる未知の世界に、志乃は体を強張《こわば》らせた。

馬車から降りて門から中に入ると、隙間なく軒を連ねている妓楼には灯がともっていて、格子ごしに遊女たちが並んでいるのが見えた。

鼻を伸ばした男たちが、着飾った遊女たちを品定めしている。

欲をぶつけるためだけに男が女を選んでいるその光景が、志乃にはひどく居心地悪く感じられた。

桜虎は周囲を気にも留めず、志乃の手を引いて颯爽と歩く。淫靡な誘惑などものともしないその姿を、志乃は誇り高く思った。その姿を見て志乃の手の震えも止まった。

この人の役に立ちたいと思った。

そして大通りの片隅に位置していた妓楼の前で桜虎は足を止めた。

華世さんはどんな方なのだろうと、張見世の格子の中を志乃は覗き込んだ。――すると。

「華世は見世には並んでいないはずだ」

「え、なぜ？」

桜虎の言葉に、首を傾げる。

「今夜は俺が一晩あいつを買っていることになっているからな。訪れる時は、できるだけそうしている。そうすれば、その晩だけは華世が他の男の手にかかることはなくなるのだから……毎日そうすることができないのが申し訳ないが」

淡々と桜虎は言う。

実は桜虎は、華世を助けるために身請けすることも考えたが、店の者に断られてしまったそうだ。

人気の遊女は店の者が何らかの理由をつけて身請けを許さない場合が多々あるらしい。華世は見目麗しいため、長期間店に置いて稼がせようとしたのだろう、と桜虎が話していた。

華世に対する桜虎の深い優しさに、志乃は感心した。

中に入ると、背の高い着流し姿の男が桜虎に手もみをしながら話しかけていた。桜虎は何度も通っているから、妓楼としては大層優良な客なのだろう。

すると男は、志乃に視線を合わせて首を傾げた。

いつもひとりで来店する桜虎が同行者を連れてきたので、不審に思っているようだった。

じっと観察するように顔を見つめられ、心臓が波打つ志乃。女性だと気取られてしまわないか冷や冷やする。

「ああ。その子は俺の小姓だ。遊郭が初めてで緊張しているから、そう睨まないでくれ」

桜虎が淡々と、冷静に男に告げる。

すると彼はにやりと下卑た笑みを浮かべた。

「小姓ねえ……。華世と三人で楽しもうってのかい。旦那、物静かなくせに案外好き者だねえ」

からかうような男の言葉には、桜虎は何も答えない。いつもの無表情な桜虎だが、憮然としているようにも見える。

すると男は、桜虎の気を損ねたと思い込んだのか、慌てた口調でこう告げた。

「は、華世はいつもの部屋で待ってますぜ。すぐ案内します」

「ああ、ありがとう」

表情を変えず桜虎がそう答えると、男は安堵したかのように深くため息をついて廊下を歩み出した。

別に桜虎が不機嫌になったわけではないと志乃は知っていたが、上客の機嫌を損ねたのではと男は気が気ではなかっただろう。

——何はともあれ、私の存在が怪しまれなくてよかったわ。

ここで自分が女だと気づかれてしまったら、ひと悶着あっただろう。そうなると隠密に事は運べなくなる。

まず、第一の関門は突破できたようだと志乃は胸を撫でおろした。

案内する男の後について廊下を進み、階段を上がる。

すると途中で豪奢に着飾った遊女や、女郎見習いらしい少女――禿《かむろ》とすれ違った。

あのいたいけな瞳をしている子供も、いつか男の相手をすることになるのだ。そんな想像をし、志乃は暗い気持ちになってしまう。

――いけない。他のことに気を取られている余裕はないわ。私には、大事な仕事があるのだから。

桜虎が黒幕の天狗と戦っている隙に、華世を馬車まで逃がす。単純だが、失敗は許されない重要な役どころだ。

二階に上がり、案内人の男がある部屋の前で立ち止まった。

「華世。桜虎さまがいらっしゃったぜ」

そう言って襖を開けると、男は桜虎に挨拶をして去って行った。

桜虎が部屋に入り、志乃も後に続く。香の匂いが立ち込めている室内には、三つ指をついている女がいた。

「華世。だから、そんな挨拶などしなくてもいいと毎回言っているだろう。顔を上げてくれ」

桜虎が、穏やかな口調で声をかけると女性はやっと顔を上げた。

はっとするほどの美人だった。志乃は息を呑む。

白粉を塗りたくられた肌と、唇に塗られた真っ赤な紅。

ここに来るまでの間、何人もの遊女とすれ違ったのですでに見慣れつつある、遊女らしい化粧。

皆同じような顔に見える……と志乃は思っていたが、華世はその能面のような化粧を施されているにも関わらず、大層美しかった。

ガラス玉のように大きな双眸《そうぼう》。小さく形の良い鼻に、ぷっくりとした艶めかしい唇。

そして小さな顔や細い首筋から漂う儚げな気配は、女性である志乃ですら庇護欲をそそられてしまった。

——これだけ美しいのなら、きっと男性からの人気はすさまじいでしょうね。……だからこそ、捕らえて無理やり働かせているのだわ。

「……上客の桜虎さまに粗相をしたと知られたら、後で怒られんすから」

鳥のさえずりのような、高く美しい声で華世が言う。

表情は微笑んでこそいたが、声も気配もどこか弱々しい。逃げられないこの状況に、憔悴しているのだろうか。

「あれ、桜虎さま。そちらのかわいい方はどなたでありんすか？」

桜虎の後ろに立つ志乃の存在に気づいた華世が、小首を傾げて尋ねた。

桜虎は、彼女の前に置かれた座布団に座る。

志乃も倣って、彼の隣に腰を下ろした。

「彼女は俺の妻の志乃だ。不自然に思われないように男装しているがな」

「え、奥さま⁉　確かに……よう見れば顔は女の子だわ」

まじまじと志乃の顔を見つめ、納得したように華世は頷く。

「志乃です。初めまして、華世さん」

「初めまして志乃さん。あちきは華世でありんす。……桜虎さん、どうして今日は奥さまを？」

華世は再び首を傾げた。

「いつか必ず君を逃がしてやる、と毎回言っていただろう。……今日がその日だ。志乃は君の逃亡を手伝ってくれる」

静かに告げた桜虎の言葉に、華世が大きな瞳をさらに見開く。

「逃げる……？　あちきが？」

「そうだ。こんな地獄からは早く逃げるんだ。……ずいぶん痩せてしまったな。時間がかかってしまってすまない」

しばらくの間、華世は信じがたいという面持ちをして固まっていた。しかし体を小刻みに震わせ始めると、恐怖におののいた表情になった。

「……無理よ。だって、私だって何度も考えた。具体的な足抜けの算段を考えたのだって、一度や二度じゃないわ……」

廓《くるわ》言葉も忘れ、震えた声で華世は言葉を紡ぐ。

桜虎は黙って耳を傾けていた。

「だけど少しでも変な行動をすると、『下手なことを考えるなよ』、『逃亡しても何度でも捕まえる』って、用心棒や楼主に釘をさされて……。まるで、がんじがらめに監視されているみたいで……」

涙を瞳に溜めながら、怯えた様子で言う。相当怖い思いをしてきたのだろう。志乃の胸がちくりと痛む。

「さすがに男性の相手をしている時は、目が行き届いていないみたいで、桜虎さまは怪しまれていないけれど……。だからもう、いいの。こうして桜虎さまがたまに来て、私を気遣ってくれるだけで。……それだけでもう、いいの」

悲しげに微笑んで華世は言う。

もうすべてを諦めてしまっている表情だった。

——許せない。弱い女性をいいようにして……！

華世の様子に、志乃は憤りを覚える。何が何でも彼女を救い出そうと、胸中で改めて決意をした。

「……大丈夫だよ、華世」

そんな華世に、一際優しく声をかける桜虎。

「え……？」

「君をさらって、ここで働かせていた奴の親玉がやっと分かったんだ。そのあやかしさえ俺が倒せば、あとは人間だけだ。用心棒も楼主も、恐れるに足りない」

「親玉……？　一体、どなたなの？」

怪訝そうに尋ねる華世だったが、桜虎はそれには答えず、立ち上がって壁に耳を当てる。

彼が聞き耳を立てた隣の部屋でも、遊女が客を取っているはずだ。

「よし、男と部屋に入ったな。……志乃。攻撃を開始する。手筈通り、華世を連れて馬車へ」

「はいっ」

志乃がそう返事をした、次の瞬間。

桜虎は腕を振りかぶり、勢いよく拳で壁を殴った。すると壁が壊れる轟音が辺りに響く。

壊れた壁の先では、何事かと驚いている男性客と……憮然とした面持ちの美貌の花魁《おい》魁《らん》がひとり。

桜虎から聞いていた前情報によると、彼女は白鳥太夫《しらとりだゆう》という花魁《おいらん》らしい。

しかし、その正体は――

「白鳥太夫……？」

突然壁がぶち破られたにも関わらず、まったく動じていない様子の白鳥太夫を不思議に思ったのか、怪訝そうな面持ちで名を呼ぶ華世。

しかし、悠長に観察している場合ではない。さっさと脱出するため、華世の手首を掴んだ志乃は力強く引っ張った。しかし。

「華世さん！　早くっ！」

突然の事態に混乱しているのか、華世は返事もせずに棒立ちで白鳥太夫を見つめている。

すると、白鳥太夫が紅の塗られた妖艶な唇を開いた。

「どうやらすべて悟られているようだな」

「ああ。貴様が遊女に化け、華世をこき使っていたことの調べはついている。……気色悪い変化だな。下賤な天狗め」

冷淡な声で桜虎が告げる。華世から「え……」というか細い悲鳴が聞こえてきた。

白鳥太夫はにたりと微笑むと、くるりと着物の裾を翻すようにその場で一回転する。

すると、一瞬前まで存在していた美女は消滅し、代わりに黒装束に身を包んだ端正な面立ちの男性が出現した。

彼の額には、長い鼻、真っ赤な顔の面がつけられていた。人間にも馴染み深い天狗の面だ。

「……なぜ分かったのだ？」

凄みを利かせた声で白鳥太夫――いや、天狗の男性は桜虎に尋ねる。

――いけない。早く華世さんを連れて逃げないと。

会話の内容が気になったが、悠長に聞いている場合ではない。志乃は再び華世の手首を強く引っ張った。

すると華世ははっとしたような面持ちをした後、志乃に身を委ねてきた。ふたりで全力で廊下、階段を走り妓楼から外に出る。

途中、遊女や禿《かむろ》はもちろん、受付にいた男性や妓主らしき人物ともすれ違ったが、皆一様に慌てふためいていて、志乃と華世の行動を制する者は誰ひとりとしていなかった。

「まさか白鳥太夫が？　私をこんな目に……？」

妓楼から出て、馬車へ向かう途中。状況を把握してきたらしい華世が、かすれた声を漏らす。

「……そうです。さっき見た通り、華世さんの隣の部屋にいた花魁《おいらん》の女性は、人間に化けた男の天狗だったの。そして、あなたをさらっていいように使って、逃げないように監視していたのも彼だったとのことです」

あらかじめ桜虎に聞かされていた事の真相を華世に説明する。

当初、桜虎もあやかしが関わっているとは考えていなかった。楼主や用心棒など、人間が華世を捕えたのだろう、と考えていたそうだ。

しかしあまりにも監視の目が完璧だったことと、妓楼を訪れた際にほんのりと華世以外のあやかしの匂いが感じられたことから、力のあるあやかしが関係しているのだろうと推測した。

その後は、世話をしに来た禿《かむろ》にお土産を渡し、世間話をするふりをして内情を尋ねて、妓楼の人間関係を探った。

するとどの禿《かむろ》も口を揃えて言うのだ。「白鳥太夫の目は時々赤く光っているように見える」「白鳥太夫には、絶対に逆らえない」「楼主さまも、白鳥太夫には頭が上がらない。お金を渡しているのを見たことがある」と。

子供は大人よりも、本質を見抜く力が強い。

どんなに美しい人間に化けたとしても、子供の目を誤魔化すことはできなかったのだ。

「まさか……。だって白鳥太夫は、いつも私に優しくしてくれてっ……。男性の相手で疲れた後は、『一緒にお茶とお菓子を召し上がりんしょう』って、いつも私を誘ってくれて……」

声を詰まらせて華世は言う。

――優しくして、気を許させて。華世さんの本心を探っていたんだわ。……なんてひどい。

その上、白鳥太夫は、華世の隣を自室としていた。その状況なら、華世を監視することなど造作もなかっただろう。

志乃と華世は、無事に馬車にたどり着いた。

しかし華世は、信じていた白鳥太夫が自分を陥れた相手だと知ったのがよほどつらかったのか、俯いて涙を流している。

志乃は何もかける言葉が見つからず、ただ彼女の背中をさすることしかできずにいた――すると。

「桜虎さま、大丈夫かなあ……。まあ、きっと桜虎さまなら大丈夫だとは思うけどさあ」

御者台に座る木葉が、不安そうな顔をして空を仰ぎながらそう言った。

「木葉、どういうこと？」

「いやー、桜虎さまは妖力のお強い人だから、こういうふうに戦いを挑んで負けたことはないんだけどさ。でも、天狗だって相当強いから……。ちょっと心配になっちゃって」

「え……」

言われてみれば確かにそうだ。

桜虎があっさりと「俺が天狗を倒すから」と言っていたから、彼が敗北する可能性など志乃は今まで考えもしていなかったが。

——もし、桜虎さんが天狗に敵わなかったら？

一体どうなってしまうのだろう。……桜虎は殺されてしまうのだろうか。二度と会えないのだろうか。

「わ、私、様子を見てくるっ！」

いてもたってもいられなくなった志乃は、馬車から飛び降りる。

「えっ、志乃さま！　待ってないとダメだよ！」

木葉の言葉に答えている余裕はなかった。

そして、吉原遊郭の入り口である大門へと向かおうとした志乃だったが。

「あ！」

声を上げて志乃は立ち止まる。

桜虎が小走りでこちらへやってきていたのだった。

「志乃！　どうした⁉　華世は無事か！」

馬車で待機しているはずの志乃が下車していたからか、不測の事態が起こったと思ったらしい桜虎が、心配そうに尋ねる。

「い、いえ。天狗と戦っていたあなたが心配で……」

桜虎を案ずるあまり、「馬車で待っているように」という桜虎との約束を反故にしてしまったことを後ろめたく感じ、志乃はたどたどしく言う。

すると桜虎は頬を緩ませた。

彼の袴や外套は、裾などところどころが破れていたが、彼自身はまったく傷を負っていないようだった。

「大丈夫だ。無事打ち負かしてきた」

さらりと言うが、木葉も話していた通り、天狗はかなりの強敵だったはず。

華世を騙し、妓楼を手中に収めていたことも考えると、頭も切れる相手だったに違いない。

――そんな敵を、無傷で倒してしまうなんて。桜虎さんって、半分は人間なのにあやかしよりも強いのね……

考えてみれば、桜虎は橘の別邸で多くのあやかしたちを統率しているのだ。図抜けた妖力がないと、そんな大それたことはそもそも不可能なのだろう。

「まあ、やはり相手も相当な手練れだったし、周囲の人間に被害が及ばないように……と戦っていたら、思ったよりも時間がかかってしまった。妓楼の建物は壊れてしまったがな」

「えっ、そうなの!?」

「なに、後で新築で建てられるくらいの金を送るつもりだよ。……天狗に操られていた楼主や用心棒、他の遊女には罪はないからな」

「は、はあ……」

——人間の中でも有名なあやかしの天狗は倒してしまうし、壊してしまった妓楼をまるっと自分の懐から補償するだなんて。……桜虎さんって、冷静そうに見えて意外に豪快な人よね。

桜虎の一連の行動に圧倒される志乃。しかし、すべては華世を地獄から救い出すために行ったこと。

彼の根底にある深い優しさを、改めて志乃は実感した。

「志乃、心配かけてすまなかった」

「いえ……。とにかく無事でよかったわ。天狗も難なく倒してしまうなんて、本当に桜虎さんって強いのね」

「まあな」

得意げに微笑む桜虎。その姿がなんだかかわいらしくて、志乃は頬を緩ませる。すると桜虎は苦笑を浮かべた。

「でも正直に言うと、今回はちょっと危うい場面もあった」

「えっ、そうなの？」

「ああ。……だが、志乃がいてくれたから勝てたのだと思う」

「え？」

桜虎の言わんとしている意味がよく分からず首を傾げると、彼は志乃をまっすぐに、じっと見つめてきた。

「初めての、しかもなかなか危険な作戦だったというのに、君は大きく動じることもなく華世を外に逃がしてくれた。志乃が俺を信じて頑張ってくれたのだから、俺が負けるわけにはいかないと思えたんだ」

「桜虎さん……」

天狗と戦わなければならない桜虎と比較すれば、志乃に課せられた任務は断然安全なものだっただろう。

しかしそれでも、あやかしとは違い何の力も持たない志乃にとっては、危険を伴う役目であることは確かだったし、前日から手が震えるほど緊張していた。

日ごろからあやかしのために身を削っている桜虎の役に立ちたくて、華世を逃がす役を買って出たものの、自分なんかが本当にうまくやれるのだろうかと、恐ろしさを覚え後悔することもあった。

そんな恐怖を押し殺しながら、桜虎と華世のためにと、今日はなんとか踏ん張れたのだった。

「本当に、今日は志乃がいてくれてよかった。これまで君を守りたくて危険からただ遠ざけていたのだが……。俺は間違っていたようだ」

桜虎は愛おしそうに志乃を見つめている。

嬉しさが湧き水のようにこみ上げてきて、感極まった志乃は思わず涙ぐんでしまう。

本当に喜ばしかった。桜虎が今与えてくれた言葉は、志乃を支え合う伴侶として認めてくれたようで。

守られてばかりではない、自分も桜虎に力添えすることができるのだと、自信を与えてくれた。

「君の心の強さに、俺は惚れ直したよ」

桜虎が志乃の頬にそっと手を伸ばし、優しく撫でる。

温かく滑らかな指先の感触が、甘い心地よさを与えてくれて、志乃はそれを堪能するように目を閉じた。

その後、志乃から指先を放すと桜虎はこう告げた。

「そろそろ馬車に戻ろう。華世がいるんだろう?」

「ええ、待っているわ」

ふたりで馬車に戻り乗り込むと、席に座っていた華世がはっとしたような顔をした。

彼女の眼には、涙はもう浮かんでいない。

「すみません、桜虎さま。私のために、さまざまなご面倒を……」

恐縮した様子の華世だったが、桜虎は首を横に振る。

「謝るのはこちらの方だ。……俺が斡旋《あっせん》した団子屋で穏やかに暮らしていると思い込んでいて、こんな事態になっていることを、しばらくの間気がつかなかったのだからな」

「い、いいえ。桜虎さまのせいでは……」

「すまなかったな、君を怖い目に遭わせてしまって。……だが、もう大丈夫だ。次は、俺の叔父の元で働こう」

屈んで華世と視線を合わせて、優しく、しかし強く、傷んだ彼女の心に寄り添うように桜虎が言葉を紡ぐ。

すると華世の顔がみるみるうちに歪んでいき、美しい双眸《そうぼう》から宝石のように大きな涙が溢れ出る。そして幼子のように号泣した。

そんな華世を桜虎はそっと抱きしめ、子供をあやすように背中を優しく叩く。

その光景を間近で見た志乃だったが、嫉妬心はまったく湧かなかった。むしろ、誇らしさしか感じなかった。

自分の危険を顧みずに誰かのために手を尽くせる、慈悲深い心の持ち主である桜虎が、自分を妻にと選んでくれたことを。

第五章　乙女は夫の家族を知る

華世を妓楼から救出した後。

桜虎が約束した通り、華世は叔父の正光が経営している職場に勤めることになった。

なんと、深雪が看板娘をしているアイスキャンデー屋の従業員となったのだ。

深雪と華世は一緒に橘の別邸で暮らしていたとのことで、面倒見のいい深雪がきっと華世を優しく迎えてくれていることだろう……と桜虎は目を細めて志乃に話してくれた。

そういうわけで、吉原遊郭での騒動は無事一件落着した。

これできっと、多忙だった桜虎とも過ごす時間が増えるだろう。桜虎の仕事ももっと手伝っていけるだろう――と、心を弾ませた志乃だったのだが。

華世を送り出した後すぐに、帝都中が不穏な空気に包まれる事態が勃発してしまった。

「また行方不明事件が起こっているみたいね……」

桜虎と共に朝食を終えた後、志乃は眉をひそめて呟いた。

木葉が持ってきてくれた朝刊を桜虎が眺めている。その紙面には「誘拐事件多発」の文字が踊っているのが見えた。

「……昨日も起こったか。銀座周辺に警察官が多いとは思っていたが」

と、桜虎も神妙な顔つきだ。

このところ、帝都では行方不明事件が頻発していた。

以前から、身代金目的の華族の子供や令嬢の誘拐事件は稀に起こっていた。

しかし、最近の一連の事件での被害者は老若男女問わずであり、身代金の要求もまったくないと聞く。さらに、数日おきに誰かがかどわかされているという異常事態だった。

しかも、警察関係者に親しい者がいる正光からの話によると、犯人はほとんど物的証拠を残していないとのことだ。

そして、数少ない目撃者の話では、犯人は空を駆けていっただとか、目にも止まらぬ速さで走り去っただとか、眉唾がすぎる目撃談がいくつかあった。

これらの情報を整理した結果、桜虎はひとつの仮説を立てていた。

一連の誘拐事件には、あやかしが関わっているのではないか……と。

そうなると、あやかしと人間の間の存在である桜虎は、気になって仕方がなくなってしまったようだ。

本業であるあやかしの保護や職場の斡旋《あっせん》をする合間に、彼は独自に調査を行っていた。

「人間に変化できるあやかしたちに協力してもらって、事件が起こった場所周辺に妖力を使った痕跡がないかなどを調べているのだが……。なかなか有力な情報は得られていない」

渋い顔で新聞を見ながら桜虎が言う。

常に彫刻のように滑らかだった肌が、ほんのちょっとだけ荒れていた。ここしばらくは、睡眠時間を削って誘拐事件の真相を探っているようだ。

志乃も、新聞の記事や屋敷のあやかしたちが仕入れた情報をまとめるなどして、自分にできることをやってはいたが、今回は事が事なだけに、あまり動き回ることができなかった。

誘拐されている人間は性別も身分もバラバラだった。ただひとつの共通点は、全員が人間であること。

つまり、この屋敷内では唯一志乃が標的になりうるのだ。

誘拐事件が起こり始めてからは、桜虎が「志乃、不自由を強いて申し訳ないが、なるべく外出しないでくれないか」と、志乃に頼み込んできた。

彼に余計な心配をかけたくない志乃は、その言葉に従っていたため、屋敷内での手伝いしかできなかったのだ。

――それにしても、本当に不可解な事件ね。誘拐された人たちは、どうしているのだろう。何か共通点が分かれば、解決の糸口になりそうなのに……

桜虎の横から新聞を覗き込む志乃が、そう考えていると。

「志乃！　桜虎！」

声を張り上げながら食堂に突入してきたのは、人間の姿に化けた麗羅だった。艶やかな着物を着て、顔には派手めの化粧を施している。

そう言えば昨晩、「情報を仕入れるには、飲み屋が一番だよ」と言って、出かけて行ったのを覚えている。

どうやら朝まで飲み明かしていたらしい。

「おかえり麗羅。……って、相当飲んだわね」

麗羅の全身から漂う酒気に、思わず顔をしかめる志乃だったが。

「いやー、行った飲み屋の肴がおいしくて……って、そうじゃなかった。誘拐事件について、ひとつ分かったことがあるんだよっ」

「……なんだって？　本当か、麗羅」

椅子に腰かけていた桜虎が立ち上がり、麗羅に問う。

すると麗羅は首肯した。

「うん。最近誘拐されたふたりと偶然知り合いだったおっさんが昨日飲み屋にいてね。話を聞いたらさ……。どうやらふたりとも、あやかしが見える人間だったみたいなんだ」

「え……!?」

志乃は驚きの声を漏らした。

「おっさんがさ。『あのふたり、昔からたまに「そこに河童《かっぱ》がいる！」だとか、「布団が空飛んでると思ったら一反木綿《いったんもめん》ってやつだった」なんて、面白くねえ冗談言ってたんだけどよ。……あれ、本当だったのかな。あやかしに食われちまったのかな……』って言ってたんだよ」

「──なるほど」

顎に手を当てて、考え込む桜虎。

──誘拐されたうちのふたりが、あやかしの見える人間だった……？

もしあやかしが見えることが被害者たちの共通点だったとしたら。老若男女問わずにさらわれているのも頷ける。

「あっ。麗羅の話で俺も思い出したにゃ」

食堂の窓際で日向ぼっこをしていた柳が、今度は声を上げた。

「この前一緒にねずみを捕った、近所の野良猫に聞いたんだけどにゃ」

猫又《ねこまた》である柳は、その辺をうろついているただの野良猫とも懇意にしていて、よく一緒に遊んだり深夜に集まったりしている。

「そいつ、誘拐された女の子によく遊んでもらっていたらしいんだけどにゃ。その女の子が、うちには座敷童《ざしきわらし》がいるのよってよく話していたって。……やっぱりその女の子も、あやかしが見える子だったのかにゃ？」

「……そうかもしれないわね。誘拐された人間のうちの三人もあやかしが見えるとなると、ただの偶然じゃないのかも。ねえ、桜虎さん」

志乃の言葉に桜虎は頷いた。

「そうだな。……だが、行方不明者は数十人だ。三人という人数ならば、本当に単なる偶然が重なった可能性もある。あと数人調査して……」

「桜虎さま！　た、大変です！」

桜虎の慎重な言葉を遮ったのは、勢いよく扉を開けて食堂に飛び込んできた木葉だった。

――あれ。確か木葉はさっき、電話が鳴ったからって取りに行ったはずよね。

まさか、受け取った電話の内容に木葉が慌てるようなことが……と、志乃が思っていると。

「父君さま……橘桜一郎さまと、橘正光さまの行方が昨晩から分からないとのご連絡がっ！」

「……なんだって？」

桜虎がかすれた声を漏らす。志乃も驚きのあまり、あんぐりと口を開けて手でそれを押さえた。

今は離縁しているが、あやかしを妻として娶《めと》っていた桜一郎は、当然あやかしが見える。

そして、彼の兄弟であり桜虎の叔父である正光も。

――間違いない。これは、あやかしが見える人間を狙った誘拐事件だわ。

愕然とした表情をする桜虎の傍らで、志乃はそう確信した。

肉親が行方不明になったこともあり、桜虎は連続誘拐事件の調査にかかりきりとなった。

屋敷のあやかしたちを総動員して、目撃者に聞き込みを行ったり、自ら事件が起こった現場に赴いて何か証拠が残っていないかを確認したりと、とても多忙な日々を過ごしている。

しかし志乃は相変わらず屋敷から出られない。

あやかしが見える人間が標的だと知って、桜虎は警戒を強め、志乃は常にひとりでは行動しないように強く言われている。

帰宅した桜虎をねぎらったり、彼のために精の出る夕食をこしらえたりなど、間接的にしか手助けができないのが、とても歯がゆかった。

――何か、桜虎さんは思い悩んでいるみたいだわ。

本格的に調査を始めるようになって数日後から、桜虎が物憂げな表情をしていることが多くなったように志乃は感じていた。

志乃や屋敷のあやかしの誰かが話しかければ、いつもの一見無表情ながらも穏やかさがにじみ出ている面持ちとなるのだが、しばらくするとひとりの世界にこもり、嘆息して眉間に皺《しわ》を寄せている。

肉親である父と叔父が誘拐されたのだから、心配でたまらないのだろう……と当初は志乃も思っていた。

しかしいつもは冷静な彼がたまに見せるようになった、苛立った表情や深いため息は、だんだんと単に身内の行方を案じているだけではないように感じられるようになった。

もっと深刻な事情――具体的にはもちろん志乃も分からないが、誘拐事件に関して何か複雑な思いを抱いているような、そんな印象を受ける。

気になって何度か「何か気になることでもあるの？」と尋ねてみたが、小さく笑って「なんでもない」とはぐらかされるだけであった。

──なんでもないわけないけれど……。私に話せるような内容ではないってことよね。

桜虎は、常に志乃の身を第一に考えてくれている。今回は事が大きいだけに、あまり志乃を巻き込みたくないのだろう。

だが、彼の支えになりたい志乃にとっては、そんな桜虎の気遣いを寂しく感じるのだった。

ある晩のこと。昼下がりに少し自室で休むと言っていた桜虎が、夕飯の時間になっても食堂に来なかった。

──桜虎さん、疲れて眠ってしまっているのかしら。

そう考えた志乃は、桜虎の様子を見に彼の自室へと赴いた。もし深く眠っているようなら、無理に起こさない方がいいかもしれない……と考えながら部屋の扉をノックする。

返事はなかった。やはり眠っているのだろうと思ったが、不測の事態を考慮して、念のため志乃は部屋に入る。

彼は机の上に突っ伏していた。

近づくと、規則正しい寝息が聞こえてくる。

机の上には、最近の誘拐事件に関する新聞の切り抜きや雑誌の記事がいくつも広げられていた。

――調べ物をしているうちに、疲れて眠ってしまったのね。

薄い浴衣を羽織っているだけの桜虎が寒そうに見えたので、志乃は寝台に置かれていた薄手の毛布を彼の肩にかけようとした。

――あ。でも半妖だから風邪は引かないんだっけ？

以前に、自分が風邪を引いて桜虎が看病してくれた時に、風邪を移してしまうかもしれないと心配したら、「俺は半妖だから人間の風邪は移らない」と言っていたのを思い出した。

――だけど昔、柳が風邪を引いていた覚えがあるなあ。

ひょっとすると、あやかしにはあやかしの風邪があるのかもしれない。

なんて考えても志乃にはもちろん分からなかったが、半妖は風邪にかからないとしても寒さは感じるはずなので、暖かいに越したことはない。結局志乃は、彼の肩に毛布を掛けてあげた。

――すると。

机の隅に置かれていた写真立てが目に入ってきた。

写真館で撮影した、家族写真のようだった。

写っていたのは、桜虎の父である橘桜一郎と、目を見張るほどの美しい女性と、五歳くらいのかわいらしい男児だった。

――この男の子は、桜虎さんよね。

彼の美しくきりりとした面立ちは、幼い頃から変わっていなかったので、一目で分かった。

母親の腕にしがみつくようにして立っている幼少の彼が微笑ましい。

しかし、彼の後ろに立つ父親と母親の姿には、驚きを禁じ得なかった。

まずは父親の桜一郎だが。彼はなんと、慈愛に満ちた表情で、優しく微笑んでいたのだ。

志乃が舞踏会で鉢合わせした時の威圧感などまるで見られない。別人ではないかと一瞬思った。

しかし、桜虎によく似ているが、彼よりも面長で雄々しいその顔つきは、間違いなくあの時に「だから来たくなかったのだ」と志乃に吐き捨てた桜一郎に間違いなかった。

そしてそんな桜一郎の隣に佇む女性――桜虎の母親らしき彼女。

傾国の美女、とは彼女のような女性のことを指すのだろう。

大きく切れ長の双眸《そうぼう》は、写真だというのに深い光を放っており、吸い込まれてしまいそうになる。

正光の屋敷にあった西洋の彫刻のようにすっと通った鼻梁に、紅の引かれた艶めかしい唇には、惚れ惚れしてしまった。

色のない写真なので、彼女の髪は白色に見えたが、桜一郎の髪色から想像すると、恐らく異人のような金髪なのだろう。

――本当にきれいな人。この人が、桜虎さんのお母さま……

写真を見るまでは、桜虎は父親似なのだろうと思っていた。実際父親にも似ているが、彼は父親と母親どちらの特徴も受け継いだ顔をしていて、こうして写真で見比べてみると母親の方が良く似ている。

中性的な美形である桜虎は、物憂げな表情をした際など、時に女性と見紛うほど美しく見える瞬間があった。そういった時の顔が、写真の中の母親にそっくりだったのだ。

――それにしても、幸せそうな家族写真ね。

あの高圧的な桜一郎も、あやかしである母も、幼い桜一郎も、朗らかに微笑んでいる。どこからどう見ても、仲睦まじい家族だ。

それなのに一体どうして、夫婦は離縁してしまったのか。桜一郎は、たったひとりの息子を邪険にするようになってしまったのか。

この家族がバラバラになってしまった経緯に、志乃がさまざまな想像を巡らせていると。

「……ん。志乃……？」

机の上に顔を伏せて眠っていたはずの桜虎が、ゆっくりと身を起こした。志乃はびくりと身を震わせる。

「あ……！　ご、ごめんなさい桜虎さん。起こしてしまったみたいで」

「いや……。志乃に起こされたわけではない。腹が減って起きたのだ」

恐縮する志乃に、桜虎は小さく笑ってそう答える。

「そ、そうだったの。ちょうど夕食の時間よ」

「む……。そうか、結構な時間眠ってしまっていたようだな」

そう言って、桜虎は椅子から立ち上がった。

──な、なんか写真を勝手に見て、いろいろ考えてしまっていたから。なんとなく、ちょっと申し訳ないわ。

きっと桜虎は触れてほしくないだろう、家族の繊細な問題を想像してしまっていたことに、志乃がほのかに罪悪感を覚えていると。

「それでは、一緒に夕食を取るか」

そんなことはもちろん知らない桜虎がそう声をかけてきたので、志乃は「う、うん」と慌てて頷く。

──考えても仕方ないわよね。

いくら想像したって真実は分からない。仲の良かった桜虎の家族が離散してしまったことには悲しさを覚えてしまうが、何か深い理由が隠されているのだろう。きっと、のっぴきならない事情が。

そう思い直して、志乃は桜虎と共に食堂へと向かった。

その次の日、ある一報が橘の別邸へと飛び込んできた。

「えっ、貴子さんが……!?」

なんと、貴子が一度誰かにさらわれたが、次の日に屋敷に帰されたという、不可解な知らせだった。

「志乃、貴子さんはあやかしが見えないはずだよな?」

「ええ、そのはずだけれど……」

桜虎の問いに、首を傾げながらも志乃は答える。

貴子とは長い付き合いだが、そんな話を聞いたことはないし、そんな素振りをしたことも一度もない。

昔、麗羅が志乃への嫌がらせを腹に据えかねて、貴子に悪戯を仕掛けたことがあったが、骨女《ほねおんな》を初めて見たように怯えていた覚えもある。

あやかしを視認できる人間は、生まれながらにしてその能力を持っていることが大半だ。

稀に後天的にその力を得る場合もあるらしいが、恐ろしく確率は低いと聞いたことがあるので、貴子がそうなった可能性も低いだろう。

「一連の誘拐事件とは関係ないのかしら？」

「……うーむ。もしかすると、何らかの理由で貴子さんをあやかしが見える人間だと思い込んだ犯人が誘拐したが、実際は違ったから帰された……という線かもしれないな」

「なるほどね……」

「まあ、ここでは推測することしかできないな。九条家の屋敷に行って、貴子さんに話を聞いてみようか。志乃の実家のようなものだし、一緒についてきてくれるか」

あまり気の進まない提案だった。九条の屋敷なんてできれば二度と足を踏み入れたくない場所だ。

吊り上がった目で自分を睨む貴子の顔が頭に浮かぶ。

だが、一連の誘拐事件に関して、初めて桜虎の役に立てる機会がやっと訪れた。

それに。

――今の私には桜虎さんがついているじゃない。貴子さんの嫌味なんて、取るに足らないわ。

「ええ、ぜひご一緒させて」

志乃は笑みを浮かべて頷いたのだった。

「申し訳ありません。……貴子お嬢さまはお体の具合が優れず、お部屋で静養なさっております」

貴子のお見舞いという名目で、桜虎と一緒に馬車で九条家へと赴くと、客間に通されるなり家令に頭を下げられた。

「……えっ、貴子さんが⁉」

彼女が病に臥せっている場面など、記憶を遡ってみても思い当たらない志乃は、驚いて言った。

――私への嫌味を毎日のように元気に言っていたあの人が？

直接顔を合わせずに済んだことには正直ほっとした。

しかし、いつも溌剌《はつらつ》と志乃をいじめていた貴子の具合が悪いなんて。いくら相手が相手でも、さすがに心配になってしまった。

「お風邪を召されたのですか？」

桜虎が尋ねるが、家令は首を横に振る。

「……いいえ。恐らく精神的なものでございます。誘拐されている間に、なんだか恐ろしいものをご覧になったらしくて……。お眠りになっている間も、うわ言のように助けを呼んでおります」

「恐ろしいもの……」

志乃は思わず呟く。

それはきっと人ならざる者――あやかしの類だろう。

「貴子さまのお体が一刻も早く治ることを、心からお祈りしております。……こんな状況で恐れ入りますが、彼女は他に何かおっしゃっていましたか？」

桜虎が問うと、家令はしばらくの間黙った。なんでそんなことを詳しく尋ねたいのだろうと考えたのかもしれない。

しかし、橘家の令息の機嫌を損ねるわけにはいかないと考えたのか、ややあってからこう答えた。

「……私にも詳しいことはまだよく分かりません。ですが、警察の方が調査しに来た時に、貴子お嬢さまはこのようなことをおっしゃっていました。なんでも、誘拐犯は一度貴子さまをさらった後『違う、こいつじゃない』と言って、この屋敷に戻してくれたのだとか」

――こいつじゃない？　ということは、標的は他にいたということよね。

屋敷に来る前に桜虎はこう言っていた。犯人は、貴子をあやかしが見える人間だと勘違いしてかどわかしたのではないか、と。

つまり、犯人がそう勘違いした理由は、別のあやかしが見える人間と貴子を見間違ってということなのではないか？

——え。そうなると、それってもしかして。

「……志乃。もしや、貴子さんは君と勘違いされてさらわれたのでは」

桜虎が志乃にだけ聞こえるような小声で、沈痛そうに言った。

その可能性にちょうど行きあたっていた志乃は、冷や汗をかく。しかし、それならすべての辻褄《つじつま》が合う。

犯人は何らかの情報を得て、九条邸にあやかしが見える人間——志乃がいると知った。

しかし志乃はすでに桜虎に嫁いでいた。犯人はそうとは知らず、同じ年頃の貴子をさらったというわけだ。

「また、貴子お嬢さまはこのようなことも申しておりました。『違う、こいつじゃない』と言った者の人相は、覆面をかぶっていて分からなかったとのことですが、裾から金色の毛髪が少しだけ見えたと。……犯人は異人ではないかと、警察の方は話しておりました」

日本人の頭髪といえば、時々茶色などの者もいるが多くは黒髪なので、警察の推理は理にかなっている。

ただし、当然のことながら、その推理にはあやかしの存在がまったく考慮されていない。

あやかしの頭髪は色彩豊かだ。雪女《ゆきおんな》である深雪は真っ白だったし、狐のあやかしである華世は黄色だった。

半妖である桜虎も明るめの茶色をしているが、日本人と名乗ってもぎりぎり信じてもらえる髪色だろう。

つまりその金色の頭髪の持ち主は――今までの情報を総合して考えると、十中八九あやかしに間違いない。

恐らく貴子を誘拐した時は、何らかの事情で人間に化けていたか何かで、あやかしの見えない彼女でも視認できる状態だったのだろう。

「他にも、何か貴子さんはおっしゃっていませんでしたか？」

「――いいえ。他には何も。貴子お嬢さまは長くお話するのが難しいくらい、憔悴なさっていましたから」

志乃がそう尋ねると、貴子のことを案じているのか、家令は沈痛な面持ちで言う。

「そうですか。……このような事態の時に、お話する時間をくださってありがとうございます」

「貴子さんに、ご自愛くださいませとお伝えいただけたら嬉しいです」

桜虎と志乃がそう言うと、家令は深々とふたりに頭を下げた。

そして、九条邸からの帰り道の馬車の中で。

――桜虎さん、やっぱり何か思い煩っているみたいだわ。

志乃の隣に座る桜虎は、今までにないくらいに剣呑な面持ちをして思考を巡らせているように見えた。

「桜虎さん。大丈夫……？」

桜虎の様子に不安になった志乃が、そう尋ねると。

「……ん？　ああ。志乃が狙われていたかもしれないと思ったら、とても心配になってな」

桜虎ははっとしたような顔をした後、取り繕うようにいつもの穏やかな表情になってそう答えた。

「そうだったの……。でもまだ、そうだと決まったわけではないわ」

「そうだな。しかし今後も、あまり屋敷から出ないようにしてくれ」

「分かったわ」

志乃が頷くと、桜虎は満足そうに口元を緩ませる。

だがしかし、その後すぐにまた元の険しい顔をして桜虎は黙りこくってしまった。

――きっと、私の今後を案じている以外にも、何か悩みの種があるはず。

志乃を心配しているというよりは、何かに憤っているような……苛烈な感情が桜虎の表情からは見え隠れしている。

気になったし、何か自分にできることはないかと志乃は声をかけたかった。

しかし、彼からにじみ出る負の気配に志乃はしり込みしてしまい、とても話しかけられなかった。

屋敷に着いてから、すぐに桜虎は自室にこもってしまった。

志乃は女中の仕事を手伝いながらも、「なぜあやかしが見える人間ばかりさらわれているのだろう？」とか「もしかして桜虎は、金色の頭髪のあやかしに心当たりがあるのだろうか」と、桜虎のことを案じつつも、事件について思考を巡らせてばかりいた。

＊　＊　＊

あやかしが見える人間ばかりねらう、一連の誘拐事件。

これらを起こしているあやかしに、桜虎はひとりだけ心当たりがあった。

しかし、まさかいくらなんでも、とそのあやかしの顔を思い浮かべる度に否定していた。

そのあやかしが首謀者だと、どうしても受け入れたくなかったのだ。

だが、九条邸で家令から貴子の話を聞いたら、否が応でもそうだと確信せざるを得なかった。

――金髪のあやかし。きっと、俺の兄上である武虎《たけとら》に違いない。

武虎は桜虎とは父親違いの兄弟で、純血の虎のあやかしだ。頭髪も瞳も、光り輝く金の色をしている。

武虎の父であるあやかしが亡くなって未亡人となった母を、桜虎の父・桜一郎が見初め、桜虎が生まれた。

桜虎が誕生した時、すでに武虎は十歳を超えており、本人の意思で母親にはついていかず、あやかし虎の里に残ることになった。

まだ母と桜一郎が婚姻関係にあった幼少の頃を、ふと桜虎は思い起こした。

年に一度くらい、桜虎は母と共に、山奥にあるあやかし虎の里に里帰りすることがあった。

半妖である桜虎を、あやかし虎の一族たちは時に奇異の目で見てきた。その度に母が桜虎をかばっていたのは覚えている。

しかし、母の目の届かないところで、「人間との子供だなんて」とか「我が一族の汚点だ」と、はっきりと暴言を吐かれた。

しかし、兄である武虎だけは、桜虎に優しく接してくれた。

「お前、その妖力なら立派なあやかしじゃないか。紛れもなく、俺の弟だ」

半妖ながらも、図抜けた妖力のある桜虎に一目置いていたようで、そう言って勝気そうに笑いかけてくれた。

そんな武虎は、あやかしであることを誇りに思っている節があった。そして、人間があやかしのことを忘れかけている現代の風潮が気に入らないような素振りをたまに桜虎に見せていた。

――人間はあやかしを恐れ敬うもの、妖力を操れる俺たちは人間よりも偉大な存在……だなんてことも、兄上は言っていたな。

そして、「あやかしが見える人間がまだいるそうだな。そいつらは優秀だな」と話していたのも桜虎は覚えている。

母と父が離縁してからも、武虎は桜虎のことを気にかけてくれていた。――半妖の桜虎が、橘家の人間から後ろ指をさされた時も。

橘家の一族はあやかしが見える者が多いため、基本的に彼らの扱いには慣れている。自らあやかしと関わりを持つことも珍しくなかった。

しかし橘の者があやかしに寛容なのは、あくまでも彼らが他者である場合にすぎない。

由緒正しい侯爵家の血筋に、あやかしの血が混じってしまったことには、さすがに我慢ならないと考える者の方が多かったのだ。

理解があったのは、父の弟である正光くらいだった。

父の見ていないところで——いや、時に父がいる前でも、桜虎は親戚に罵られることがあった。

「人間じゃない者が橘家に存在しているなんて、おぞましい」と。

あやかし虎たちからも、橘家からも否定される自分。なぜ半妖の自分は生まれてきたのかと、思い悩むことも度々あった。

桜虎を蔑む言葉を放つ親戚に対して、父が反論することもなかった。そのうえ父は、母がいなくなってから桜虎に冷淡な態度を取るようになった。

ますます桜虎は自分の存在意義が分からなくなった。

しかし、たまにふらりと橘邸を訪れ、あやかし虎の里の近況や、人間たちへの愚痴を吐く武虎は、やはり桜虎が半分人間であることなど気にしている様子はなかった。

「こんなところにいないで、あやかし虎の里に来い。俺とお前が組めば最強だ」

そう、よく言っていた。

だが、親戚中に蔑まれても自分を追い出さなかった父に恩を感じていたため、兄の誘いに桜虎が乗ることはなかった。

それでも兄は度々ふらりと訪れては、桜虎のあやかしとしての力を褒め、またふらりと去って行くのだった。

――思えば、兄上に俺は救われていたのだ。

あやかしであり人間でもある、中途半端な自分を自然に受け入れてくれた、数少ない存在に。

しかし、思い返してみればここ二、三年は、武虎が桜虎を訪ねてくることもなかった気がする。

まだ武虎の思惑の詳細はまったく想像ができない。

しかし、あやかしが見える人間たちに興味を持っていた彼が、何らかの目的を遂行するために誘拐したのではないか……と桜虎は推理したのだった。

――そして志乃が狙われていたことは、もはや明らか。

九条邸に同じ年頃の貴子がいたために今回は事なきを得た。

しかし、志乃の居場所が武虎の知るところとなれば、きっとまた狙いに来るに違いない。

――そうなる前に、俺がなんとかせねば。

夜会の日。皆が自分に媚びへつらう中、不機嫌そうな顔をして貴子の隣に佇んでいた志乃。

その時から妙に気になっていた。

木葉から、出席者の中にあやかしが見える女がいると聞いて、「あの退屈そうにしている女性だったら面白いが、まさかな」と思っていたら、そのまさかだった。人間でありながら、他種族であるあやかしに対しても優しく、親身になって接することのできる志乃。

絶世の美女というわけではないが、すれていない微笑みを浮かべ、屋敷のあやかしたちと楽しそうに過ごす志乃は、桜虎にとっては誰よりもかわいらしく見えた。まだ志乃と過ごした日々はそんなに長くない。しかし常にまっすぐで健気で、他人を慈しむことができる彼女は、桜虎にとってすでにかけがえのない存在となっている。

志乃を妻として迎えてからの日々が、桜虎の脳裏に蘇る。

屋敷を去る深雪の気持ちを慮《おもんぱか》り、志乃は夜なべして彼女に着物を縫った。執拗な嫌がらせをしてきた相手だというのに、そんなことは気にもせず。その指先には痛々しいほど、針で刺した痕が残っていた。

百貨店で舞踏会用のドレスを一緒に選んだ時は、はにかんだかわいらしい笑みを浮かべていた。その後生まれて初めてアイスクリームを口にした志乃は、子供のように無邪気に喜んでいた。

華世を遊郭から逃がす際には、危険を顧みずに桜虎のために動いてくれた。その度胸のある志乃の様子には、可憐な外見からは想像できない芯の強さが感じられた。

最近のことを少し思い出すだけでも、なんと愛らしく、器が大きく、そして頼りになる妻だろうかと感嘆した。

求婚した時は「興味深い。妻として悪くない」くらいの熱量だったが、志乃の内面を知っていくにつれ、彼女への愛情はどんどん深まっている。

そんな誰よりも大切な志乃を、危険な目に遭わせるわけにはいかない。誰にも渡したくない。

そして――もし自分の肉親である兄が、本当に人間をさらっているのだとしたら、自分の手で止めなくてはならない。

桜虎はあやかしであり人間である。

あやかしの母のことも、今は疎遠となってしまったが、かつては優しかった人間の父のことも、桜虎は心から慕っている。

自分はあやかしの心も、人間の心も持っていると桜虎は自負していた。

だから幼い頃、父と母に、今の世ではあやかしたちは人間に忘れかけられていて、行き場を失いつつある……という話を聞かされた時から、この中途半端な存在である自分に何かできることはないかと模索していた。

それが、今自分が行っている、あやかしの保護と居場所探しへと繋がっていたのだった。

だからこそ、人間に迷惑をかけるあやかしの存在は、たとえ兄でも、いや兄だからこそ見過ごすわけにはいかない。

——先手を打たなくては。

決意した桜虎は、自室の椅子から立ち上がった。すでに時は深夜だったが、行動を起こすなら早い方がいい。

桜虎は、誰にも言わずに橘の別邸を発つことにした。屋敷の気のいいあやかしたちも、愛する志乃も、兄弟げんかに巻き込みたくはない。

兄は遊郭で戦った天狗より、遥かに力がある。

しかしそれでも、あやかし虎随一の妖力を誇った母の特性を、兄よりも色濃く受け継いだ桜虎は、彼に勝利する自信があった。

——対立したとしても、俺たちは兄弟だ。殺し合いにはなるまい。しかし恐らく、無傷では済まないだろう。……傷を負うのは自分だけでいい。

旅立つ前に志乃の寝顔でも拝もうと、彼女の寝室の前まで行ったが、ドアに手をかける前にやはりやめることにした。

起こしてしまう可能性があったし、以前深夜に同じことをしたら彼女が起きていたことがあった。

能天気そうに見えて、意外に志乃は勘が鋭いのだ。

だから桜虎は志乃の寝室の前で、胸中でこう志乃に語りかけてから、ひとりひっそりと屋敷を出た。

――ちょっと兄を諫めてくる。今日中には、必ず戻るからな。

あやかし虎の里は、東京府の西部、豊多摩郡の森林の中だ。

数年前に、武虎本人から里の西の外れに自分の屋敷を建てたと聞かされた覚えがある。

もし、本当に武虎が首謀者だとしたら。さらわれた人間は、恐らくその屋敷の中に閉じ込められているのだろう。

橘の別邸からは十里ほどの距離があるあやかし虎の里だが、桜虎が妖力を使って韋《い》駄《だ》天《てん》のように走れば、半刻ほどで到着した。

半妖である桜虎の脚力は、帝都でも近年普及しつつある自動車とも引けをとらないのだった。

他のあやかし虎たちに気取られないよう、里の西へと向かう。

すぐに武虎のものらしき立派な武家屋敷を発見した。

そこは周囲が林に覆われた、隠れ城だった。

正面から入る気はさらさらなく、とりあえず裏側へと向かう。

すると、小さな扉を発見した。取っ手を握って回すと、施錠はされておらずあっさりと開く。

――俺を誘っているのだろうか。

武虎はとても聡明で、機転の利く男だった。鍵がかかっていない扉には、何らかの意味があるに違いない。

恐らく自分がここに向かっていることを、兄は悟っている。

それならば、下手に警戒しても意味はない。桜虎は迷わずに扉の中に入った――すると、そこには。

座敷牢がいくつも並んでいた。中に入っているのは老若男女問わない人間たちだった。

皆横たわっていたので、一瞬最悪の予想をしてしまった桜虎だったが、どうやら眠っているだけだということが分かり安堵する。

――やはり、兄上があやかしが見える人間たちを。

ほぼ確信はしていたものの、「違うかもしれない」という一筋の希望は持っていた。

しかし数十人の人間たちがここに閉じ込められている光景を目にして、もうこの現実を受け入れるしかなかった。

一連の誘拐事件は、やはり兄である武虎のしでかしたことだと。

座敷牢を両側にした通路を、重苦しい気持ちで歩く桜虎。

——すると。

「桜虎じゃないか！」

座敷牢の中から名前を呼ばれて、思わず立ち止まる。牢には、数日前から行方不明となっていた叔父の正光がいた。

「正光叔父さま！　よくぞご無事で……！」

牢の前へと駆け寄る。すると奥にもうひとりの姿が見えた。

父である、桜一郎だった。

他の人間は全員眠っているというのに、正光と桜一郎だけは起きていた。桜一郎は、毛嫌いする息子と顔を合わせたくないのか、壁の方を向いていたが。

「……父上も、ご無事で何よりです」

声をかけても、桜一郎は無反応だ。予想はしていたが、実際目の当たりにすると心がちくりと痛む。

「桜虎、俺たちを助けに来てくれたのか？」

正光の言葉に、桜虎は頷く。

「……はい。どうやらあやかしが見える人間だけが誘拐されていることが独自の調査から分かりまして、犯人は恐らくあやかしだろうと場所を推測し、ここにたどり着いたのです」

「そうだったのか！　ありがとう、桜虎」

「しかし、皆妖術で眠らされているようですが……。叔父上と父上だけ、起きておられるのですね」

正光は神妙な面持ちになった。

「……そうなのだ。どうやら俺と兄上は妖術の効きが悪いようでな。なぜかは分からぬが」

「たぶん、叔父上も父上もあやかし慣れしているからでは。普段からあやかしとよく接していると、耐性ができて妖術が効きづらくなると聞いたことがあります。……それより、さらわれた後何かされませんでしたか」

元気そうに見える正光だが念のため尋ねると、彼は頭《かぶり》を振った。

「それが、とても丁重に扱われているんだ。最初はあやかしに取って食われるのかと恐怖を感じていたが、食事も三食きちんと出されるし、入浴したいと言えばこの屋敷の浴場に連れて行ってくれる。書物や菓子が欲しいと言えば、すぐに差し出されるのには驚いたよ。屋敷から出ることだけは許されなかったが」

「……そうなのですか」

「ああ。ここの主は金の髪のあやかしだ。ここは薄暗いし、いつも薄布をかぶっているから顔までは分からんが……。その男が何かある度に俺たちにこう言うんだ。『お前らは選ばれし人間だ』って」

「選ばれし、人間……」

確かに、以前にも兄は同じようなことを言っていた。あやかしが見える人間は優秀だと。

――しかし、そんな人間たちを集めて、一体何をしようとしている……？

兄の行動に、改めて疑問を抱いていると。

「早かったな桜虎。さすがは我が弟だ」

廊下の奥からそんな声が聞こえてきた。どこか不遜さを感じさせるその声音を、桜虎は久しぶりに耳にした。

「……兄上」

ゆっくりと歩み寄ってきたのは、桜虎の父親違いの兄であり、あやかし虎の武虎その人だった。

長く伸ばした金色の髪を背中で無造作にひとつに結わえ、髪と同色の眩《まばゆ》い瞳を桜虎の方へと向けている。

さらりと着た黒い着流しとの明暗の対比が鮮やかだった。

桜虎自身はよく分からないが、自分と武虎の顔はよく似ているらしい。目つきがより鋭い方が武虎だと、母は笑っていた。

「一体何をしているのですか、兄上」

その一言にすべての疑問を込めて、桜虎は尋ねる。すると武虎は口元を笑みの形に歪めて、楽しそうに話し始めた。

「だいたい予想はついているだろう？　お前にはよく話していたからなあ。あやかしは人間共の上位の存在だというのに、忘れかけられている現代の風潮が、俺は我慢ならないと」

「……ええ。聞いてはおりましたが」

「しかし、ここにいるのは古き良き人間だ。まずはこの者たちを手中に収め、洗脳しあやかしを崇拝させる。そしてあやかしを見ることすらできない人間共に、この者たちが教えてやるのだ。人間共にとって、あやかしは崇高な存在であり敬うべき対象であるとな」

薄ら笑いを浮かべながら、武虎は言う。

「そんな兄上の独善的な願望のために、この人間たちを危険な目に遭わせたのですか？」

「危険な目になど遭わせておらぬ。確かに、さらった時は多少強引な手段を取ったこともあったが、屋敷に連れてきてからはとても丁重に扱っておるぞ。それまで貧しい暮らしをしていた者からは、感謝されたくらいだ。人間たちの中に、俺に逆らう者は誰ひとりとしておらぬ」

桜一郎も素直に従っているらしいことが意外だった。彼の強靭な肉体ならば、この牢を蹴破って脱出することくらいわけないはず。

――いや。恐らく他の人間たちも一緒に逃げるのは難しいと考えたのだろうな。そして、自分だけ脱出した場合に、他の者たちが危害を加えられる可能性も考慮して、おとなしくとどまっているのだろう。

桜一郎は他者に対して優しい心を持っている。――自分にそれが向けられることはなくなってしまったが。

「……兄上への恐怖で逆らえないだけですよ」

桜一郎のことには触れずに桜虎がそう言うと、武虎は鼻で笑う。

「恐怖で逆らえない……何よりではないか。あやかしと人間の関係は、そうでなくてはな。今後、もし俺に逆らう愚か者が現れたとしても始末すれば済むだけのこと。そうすれば、あやかしを敬う人間だけの世の中になり、また俺たちが自由に暴れまわれる時代が訪れるはずだ」

恐ろしいことを楽しげに語る武虎に、桜虎はしばらくの間何も言葉を返すことができなかった。

——半妖である俺には優しくしてくれた兄上。元々この時代に嫌悪感を抱いていたのは知っているが、誰かを傷つけてまで自分の欲望を満たすようなあやかしではなかったはずだ。例えその相手が、見下している人間であったとしても。

武虎の一連の行動が、あまりにも以前の彼の性格からかけ離れている。桜虎がそんな違和感を抱いていると。

「桜虎にはそろそろ会いたいと思っていたところだったのだ。お前の方から出向いてくれるとは、好都合だ」

意外な武虎の言葉に、桜虎は眉をひそめる。

「なぜ俺に会いたいと？」

「お前は残念なことに半分人間の血が混じっている。しかしその図抜けた能力は、名誉あやかしと言っても過言ではない。どうせ、その力を持て余しているのだろう。俺に協力しろ。低俗な人間を俺よりも目にする機会の多いお前なら、俺の心が分かるだろう？」

「まったく分かりません」

下卑た笑みを浮かべる武虎の問いに、桜虎は間髪を入れずに答えた。そしてこう続ける。

「俺は、人間とあやかしが密かに共存しているこの現代の状況を、そんなに悪くないと思っています。他のあやかしたちも、居場所を見つければ楽しそうに過ごしていますよ」

武虎は信じがたいという面持ちになった後、半眼で桜虎を見据えてきた。

「……その強い妖力を持ちながら、なぜその力を誇示しようとしないのだ。人間とあやかしを繋ぐ便利屋のような、ふざけたことをしおって」

「人間にもあやかしにも、お世話になった方がいるからですよ。……残念ながら、俺は兄上より妖力が強い。力ずくとなれば、兄上は俺に勝てません」

「……そんなことは重々承知だ。しかしこれならばどうかな？」

武虎がそう言った後、彼の背後から現れたのは。

「な……」

信じられない光景に、桜虎はかすれた声を漏らしてしまう。

現れたのはなんと、武虎の手下らしきあやかしに連れられた、志乃だったのだ。

＊　＊　＊

時は遡ること半刻ほど前。

桜虎不在の深夜の橘の別邸は、重大な危機に直面していた。見たこともないほどの無数のあやかしたちが、突如として現れたのだった。

志乃という人間の女を差し出せ、と迫る見知らぬあやかしたち。

あやかしの皆は、志乃を屋敷の一室に匿《かくま》い、そんな女はいないと当初は知らん顔をしていた。

「あいつらはみんな、虎のあやかしだね。とても妖力の強い奴らだ。この屋敷にいるあやかしじゃ、到底勝てないね……」

志乃を守るために同室にいてくれた麗羅が、庭をうろつく侵入者を窓越しに見て言った。

——虎？ そういえば桜虎さんも、あやかし虎と人間の子供だって以前に言っていた気がするけれど。

なにか、桜虎と因縁があるあやかしたちなのだろうか。

そんなことを考えながらしばらく屋敷の一室に身を潜めていた志乃だったが、木葉があやかし虎のひとりに囚われてしまう。

「志乃という女がここにいるのは分かっている。出てこないと、この狸がどうなるか分からんぞ」

狸の姿の木葉の尻尾を掴んで宙吊りにしながら、あやかし虎のひとりは庭で高らかに叫んだ。

木葉は涙目になり、恐れおののいた顔をしている。

――どうしよう。このままじゃ、私のせいで木葉が。

歯痒い気持ちで唇を噛む志乃に、麗羅と、一緒に居た柳が諭すようにこう言った。

「志乃、行ってはダメだよ」

「……そうだにゃ。桜虎さまから俺たちは言われているから。『俺のいない間、志乃を守ってくれ』って。俺はどんなことがあっても、その言いつけを守るつもりだにゃ。きっと木葉だって、同じ気持ちのはずにゃ」

ふたりのその言葉に、志乃は涙が出そうになった。

橘家に住むあやかしたちは、慈悲深く心の広い桜虎を心底慕っている。そしてその妻である志乃とも、最近ではずいぶん心を通わせてくれるようになった。

宙吊りにされて怯えた表情をしていても、木葉は志乃の居場所を決して言おうとしなかった。

柳の言う通り、命を賭してでも志乃を守ろうとしているのだろう。

――でもだからこそ。桜虎さんがいない中、私があやかしたちを守らなくてはならないわ。

自分は、屋敷のあやかしたちを統括する桜虎の妻なのだ。

自分を慕うあやかしが危機に瀕しているというのに、隠れてただ守られているだけなんて、何のために自分がここにいるのか分からない。

――ここで私が出て行ったら、桜虎さんには怒られるかもしれない。私を守ろうとしてくれるあやかしたちの気持ちを、台無しにしてしまうかもしれない。……だけど、桜虎さん――あなたでも、きっとそうするでしょう？

大切なあやかしのひとりを見捨てるなんてことを、桜虎は絶対にしない。

志乃は懐に小さな扇子を忍ばせていた。桜虎と一緒に百貨店へと買い物に行った時に購入した、仕込み扇子が。

お守り代わりに常に持ち歩いているその小さな武器を着物の上から指でなぞり、桜虎に想いを馳せる。

――そして。

「……麗羅、柳。ごめんね」

志乃は俯いて、小さくそう言った。

そして麗羅と柳が「え？」と聞き返してきたのと同時に、志乃は匿《かくま》われていた部屋から飛び出してしまう。

背後からの「志乃！　待って！」という声を振り切るように、志乃は中庭へと飛び出した。

「私は……！　あんたたちの探している志乃という人間の女は、ここにいるわ！　木葉……狸のあやかしを今すぐ放しなさい！」

大きな声でそう叫ぶと、すぐにあやかし虎のひとりが志乃の方へ寄ってきて、手首を強く掴んできた。

そして志乃はあやかし虎のひとりを睨みつけて、低い声でこう言う。

「……屋敷のあやかしたちには手を出さないでちょうだい」

「ふん。元よりそのつもりだ。用があったのは、お前だけだからな」

その言葉の通り、木葉はあっさりと解放された。

それには安堵したが、木葉、麗羅、柳をはじめとしたあやかしたちが、今にも泣きそうな表情で志乃を見ている。

そんな彼らに、志乃は微笑みかけた。

「……大丈夫よ。私たちには、桜虎さんがついているじゃない」

その言葉を放った直後、あやかし虎のひとりが志乃を抱え、姿を消した。

すると一瞬でたどり着いたのが、森の中に隠れるように佇んでいた武家屋敷だった。

橘の別邸を襲ったあやかし虎たちは、金髪の美しい男にひれ伏し、志乃を彼に差し出した。

——桜虎さんに似ている。

金髪の男を一目見て、志乃は思った。

しかし、無表情ながらも穏やかな光を湛《たた》えている桜虎に対し、金髪の男はぞっとするような冷たさを双眸《そうぼう》に宿していた。

「……ふん。これが桜虎の嫁か。案外普通の女だな」

志乃を一瞥《いちべつ》するなり、男はそう言い捨てた。

――今の言い方。この金髪のあやかしの男は、やっぱり桜虎さんと何か関係があるんだわ。

何のために自分をさらったのかとか、桜虎とどんな関係があるのかとか、志乃は矢継ぎ早に尋ねたが、男は不機嫌そうな顔をするだけで何も答えなかった。

そして志乃を屋敷の一階に連れて行くと、「ここで待たせておけ」と、男は手下のひとりに命じた。

その場所の少し先に座敷牢のようなものがあるように見えたが、目を凝らしても牢の中までは確認できなかった。

そのしばらく後に、なんと桜虎がやってきたのだった。

牢の中にいた正光と桜虎のやり取りや、金髪の男と桜虎の会話は、志乃にも聞こえてきた。

金髪の男の名は武虎で、桜虎とは父親違いの兄弟。現代の、あやかしが人間に忘れかけられている風潮に嫌気が差し、自分の力を誇示する目的であやかしが見える人間をさらい、桜虎にもそれを手伝えとそそのかしている――

そんなふたりの話を驚愕しながらも聞いていたら、自分についていた武虎の手下が、ふたりの前に志乃を連れ出したのだった。

「な……」

衝撃を受けたような面持ちで、かすれた声を漏らす桜虎。

「……ごめんなさい。桜虎さん」

桜虎の足手まといにしかなっていない自分を不甲斐なく感じ、思わず志乃は謝ってしまう。

――でも、あの時木葉を守るためには、やっぱり私はこうするしかなかった。

「九条家にいる娘に、あやかしが見える人間がいると小耳にはさんだので誘拐したら、まさかの偽物でな。しかし煙は火のないところには立たん。その娘……貴子と言ったか。話を聞いたら『あやかしが見えるなんて気持ち悪い人間、うちの家族にはいない。そんな変な娘がいるとしたら、少し前までいた志乃って女くらい』と、詳しく教えてくれたのだ」

武虎が、薄ら笑いを浮かべながらそう説明する。

――やっぱり。貴子さんは私と間違えてさらわれたんだ。

「しかもその女は橘家に嫁いだと言うから、俺も驚いた。……まさかお前の嫁とはなあ。さらにお前は、九条邸に赴いて貴子の話を聞きに行っていたな。となれば、聡明なお前なら、俺が一連の誘拐事件を起こしている首謀者だと気づくはずだと考えたのだよ」

「……つまり。俺がここを訪れると予測した兄上は、俺が不在の橘の別邸を狙って志乃を連れ出したということですね」

「ご明察だ。さすがは聡い俺の弟だ。本当に、半妖なんかにしておくのはもったいない」

ここまでの流れを察した桜虎が淡々と言うと、武虎はいかにも楽しそうに答える。

そして、さらにこう続けた。

「貴子という娘だがな。お前の嫁の話を洗いざらい話した後、『教えてあげたんだから、早く自分を解放しろ。なんで志乃なんかと自分を間違うのだ。あの女はどうせ死にぞこないなのだからどうなったってかまわないが、自分は高貴な女なのだからこんな目に遭うなんてたまったものではない』と、のたまっていた。……そのあまりの醜悪さ、見るに堪えなかったぞ」

「貴子さん……」

状況も忘れて、志乃は呆れた声を漏らしてしまう。

――ま、まあ貴子さんならそう言いそうではあるけれど。さすがに「死にぞこないなのだからどうなったってかまわない」は、へこむものがあるわね……

貴子の暴言には慣れ切っていた志乃ではあっても、命まで粗末に思っているような彼女の発言には衝撃を受けた。

——まあ、きっとあやかしにさらわれて気が動転していたんだわ。とても恐ろしい目に遭ったのだと、あのいつもえばり散らしている貴子さんが寝込んでしまったくらいだもの。

貴子とて極悪人というわけではない。九条邸にいた頃に、気まぐれに志乃に旅行のお土産をくれたこともあった。そのくらいしかまともな思い出はないけれど。

そんなふうに武虎にさらわれた時の貴子の心情を慮《おもんぱか》って、彼女の「死にぞこないなのだからどうなったってかまわない」発言は、本心ではないだろうと志乃は思い込もうとした。かなり願望も込めて。

——だが、しかし。

「やはりあやかしを見ることすらできぬ人間は、醜い生き物だな。あんな者たち、生きている価値もない。我ら高貴なあやかしが蹂躙《じゅうりん》して何が悪い？」

当然のことだが貴子の言葉をその通りに受け取った武虎は、彼女を下劣な人格の持ち主だと判断したらしい。

「それはずいぶん短絡的なお考えですね」

桜虎は、そんな兄の思考をはねつけるようにぴしゃりと言った。

「なんだと？」

「誰しも、負の心も正の心も持っている。人間もあやかしも。たったひとり、しかも短時間会話をしただけで、あやかしの見えない人間すべてが醜悪だと言い切るのは、やはり短絡的だと言わざるを得ない。……まあ、志乃へしてきた仕打ちを考えると、貴子さんはかなり性悪な方の人間ではありますが」

最後の方、付け加えるように呟かれた貴子の人格についての言葉には、志乃は苦笑いを浮かべるしかない。

桜虎は武虎をまっすぐに見つめながら、堂々とした声音でさらにこう言った。

「結局、性悪だのなんだのは種族で決めることではないのです。人間にもあやかしにも、性悪な一面はあるのだから」

「……黙れ！」

従えようとしていた弟からの理詰めの反論に苛立ったのか、突然武虎は桜虎に攻撃を仕掛けてきた。

桜虎に向かって振り下ろされた武虎の手には、鋭い鉤爪《かぎづめ》が生えている。彼があやかし虎であることを、志乃は改めて実感させられる。

突発的な攻撃だったにもかかわらず、桜虎は眉ひとつ動かさずに悠々とした動きでそれをかわしていた。

――しかし。

「……ふっ。いつまでもつかな？　桜虎、お前に反撃は許されておらぬからな。なぜなら、愛する嫁が人質に取られているのだからな！」

再び桜虎に攻撃を仕掛けながら、武虎が高らかに叫ぶ。

そしてその直後、人間となんら変わらない姿だった武虎が、猛獣の姿へと変化した。

金と黒の立派な縞模様が全身に刻まれた、巨大な姿へと。

きっとあれが、あやかし虎の本来の姿なのだろう。

武虎が天に向かって咆哮する。耳をつんざくような轟音に、志乃は思わず顔をしかめた。

それからは、目にも止まらぬ速さで武虎が桜虎に攻撃を仕掛けていった。

桜虎は素早い動きで武虎の攻撃をかわしていたが、尖鋭な鉤爪《かぎづめ》の生えた前足が桜虎に向かって振り下ろされる度に、その風圧で志乃の髪が揺れた。

志乃の傍らには、今も武虎の手下らしきあやかしがぴったりとついている。

桜虎がいくら素早く動いたとしても、手下のあやかしが志乃に手をかける方が断然早いだろう。

――どうしよう。私のせいで、桜虎さんが……！

志乃は唇を噛みしめる。その間も、武虎は息をつく暇もなく桜虎に襲いかかってきた。

攻撃をかわすことしかできない桜虎は、徐々に呼吸が荒くなってきていた。

絶体絶命の状況の夫を目にしているというのに、何もできない自分の無力さがやるせない。

「……ふん。桜虎のやつ、動きに無駄が多すぎる。だからあんなにすぐに疲労が溜まるのだ」

背後から、桜虎のことを嘲るような発言が突然聞こえてきて、驚いた志乃は振り返った。

桜虎と武虎の攻防があまりにも激しいため、それに巻き込まれないように見張りのあやかしが少しずつ志乃をふたりから離していたのだが、いつの間にか正光と桜一郎が囚われている座敷牢の前へと移動していたのだった。

「あ、兄上！　愛息が危機に瀕しているというのに！」

弟である正光が咎めるが、桜一郎はそれには一切反応せず、険しい顔でただ息子を眺めていた。

――桜虎さんのお父上の、桜一郎さま。今は疎遠になってしまった人……。だけど昔の家族写真では、とても優しく微笑んでいた。

なぜ仲違いしてしまったのだろう。

今では心底息子のことを嫌っているのだろうか。ここで、桜虎が武虎に滅ぼされてしまっても、意にも介さないのだろうか。

「桜一郎さま。何か事態を打開する手立てはございますか……？」

恐る恐る、志乃は尋ねた。

無視される可能性が高い。あるいは「なんで俺がそんなことを」と、怒鳴られるかもしれない。

しかし、状況を打破するには「帝国の勝利王」として名高い、橘桜一郎の意見を仰ぐ以外、志乃には思いつかなかった。

桜一郎はしばらくの間、無言だった。やはり彼に答える義理はないか……と、志乃が諦めかけた時。

「……ずっと考えている。だが、さすがに丸腰では私もあやかしには太刀打ちできない」

それは低く小さな声だった。耳に神経を集中していないと、聞き漏らしてしまうほどの。

しかしその一言で、志乃は確信する。

――この方は。息子を心底毛嫌いしていない。冷たくしているのには、きっと何か理由があるんだわ。……そうよ。あんなふうに優しく笑える人が、息子を憎むわけがない。

桜一郎が息子を心から嫌悪しているとしたら、事態を打開する手立てはあるかという問いに、「ずっと考えている」という答えは絶対に出てこないはずなのだから。

しかし、武虎に囚われた時に当然桜一郎の武器は奪われてしまったらしく、彼が舞踏会の時に腰に佩《は》いていたサーベルは見当たらない。

――丸腰では私もあやかしには太刀打ちできん……ということは、武器さえあればふたりの戦いをやめさせる手立てがあるってことね。

座敷牢に囚われている状態で、一体全体どうやって……と志乃が思わなかったわけではない。

しかし、「帝国の勝利王」がそう発言しているのだから、きっと牢から脱出する方法はすでに思いついているのだろう。

しかし肝心の武器がやはりどこにもない。――万事休すか、と志乃が諦めかけた時だった。

「強靭な肉体を持つあやかしの制圧には武器がないと厳しい。……刃物ならば、どんなに小さくてもいいのだが」

呟くように放たれた桜一郎の言葉に、志乃ははっとする。

自分は持っているではないか。確かに小さく、長く立派な刀身のサーベルに比べたら脆弱極まりないが、武器には違いない物を。

その時、桜虎がとうとう武虎の一撃を浴び、額から血を流しているのが見えた。事態は一刻を争う。

——もう、迷っている暇はないわ。

志乃は懐に忍ばせた扇子を手に取った。——そして。

「帝国の勝利王さま！」

そう叫びながら、座敷牢に向かって投げつける。

格子の隙間を縫って投げられる自信はさほどなかったが、扇子はうまいこと隙間から牢の中へと飛び込んで行った。

桜一郎は、華麗な動作で扇子を受け取る。そして口元を笑みの形に歪めて、こう言った。

「……なるほど、仕込み扇子か」

一瞬でその扇子の正体を見抜いたのは、常に武器に触れている帝国軍人の勘だろうか。

志乃の見張り役だったあやかしが「貴様ら！　何をしている！」と叫んだが、叫び終わるよりも前に、すでに桜一郎は動き始めていた。

彼は座敷牢の格子をなんと一蹴りで破壊してしまった。

何か牢から脱出する手立てがあるのだろうと予測していた志乃ですら、その光景には度肝を抜かれる。

まさか、そこまで桜一郎の体が強靭だとは。

桜虎が兄より強いあやかしなのは、父親から受け継がれた血の影響もあるのかもしれない。

そして桜一郎は目にも止まらぬ速さで志乃へと近づき、狼狽している見張りのあやかしから志乃を引き離した。

そのまま流れるような身のこなしで、あやかしの首元に元は扇子だった短刀を突き立てる。

「……少しでも動いたら刺す。私は何人も殺めてきている。今さらあやかしひとり増えたところで、入眠の妨害にすらならん」

薄ら笑いを浮かべながら見張りのあやかしの耳元で囁く桜一郎の禍々しさに、志乃は背筋を凍りつかせた。

その言葉が紛れもなく彼の本心であることをあやかしも感じ取ったらしく、青ざめた顔で硬直している。

そしてその体勢のまま、桜一郎は声高にこう言った。

「桜虎、何をてこずっている！　さっさと片づけてしまえ！」

志乃という人質がいなくなった今、桜虎の行動を制限する枷は何ひとつない。

「な、何をっ！」

絶対的に優位な状況だったにもかかわらず、瞬時に形勢逆転してしまった武虎は、立派な虎の姿のままうろたえたような声を上げた。

桜虎は瞳を閉じ、低い声でこう呟く。

「……父上、志乃。恩に着ます」

言葉の後、桜虎の頭頂部に茶色の被毛で覆われた三角の耳が生えた。また、袴の裾からは同色の長い尾がちらりと覗いている。

いつも穏やかな光を湛《たた》えている双眸《そうぼう》は、闇夜を駆ける猫のように鋭く煌めいていた。

――あれは、虎の耳と尻尾だわ。

いつもは人間とまったく変わらない風貌をしている桜虎。たまに、彼が半妖であるということを志乃も忘れそうになるほどだった。

しかし、虎の耳と尾を生やし、瞳を煌々と輝かせる桜虎は紛れもなくあやかしだった。

元々あやかしに対して恐怖心のない志乃は、もちろん彼の今の姿に恐れは抱かない。むしろ、煌びやかな茶褐色の耳と尾、尖鋭な光を宿す目はとても美しく、神々しさすら覚えた。

――あれが。桜虎さんの本来の姿なんだわ。

桜虎の美しさに見惚れ、志乃が立ち尽くしているうちに勝敗はすぐに決してしまった。

桜虎は目にも止まらぬ俊敏な動きで武虎の背後に回り、首に一発手刀を食らわせる。その手には、金色の光が宿っていたように見えた。恐らく、手のひらに妖力を込めての攻撃なのだろう。

――すると。

「ぐっ……」

武虎は低い声で呻いてその場に倒れ伏した。そしてそのまま身動きを取らない。どうやら、気を失ったようだ。

――すると。

猛獣の姿だった武虎は、元の人間の姿へとみるみるうちに戻って行った。そしてその直後、彼の半開きの口から、黒い煙のような物が出てきた。

「……やはり。兄上の様子がおかしいと思っていたのだ。邪鬼に寄生されていたのだな」

「えっ……」

桜虎の言葉に、志乃は驚きの声を漏らした。

――確か、邪鬼に取り憑かれると欲望や悪意を抑えきれなくなってしまうって話だったわよね。

志乃が舞踏会で、邪鬼に寄生された令嬢ふたりに絡まれた時に、桜虎がそう話していたから覚えている。

「それでは……。武虎さんは、邪鬼に取り憑かれたせいで一連の行動を起こしていたのね」

桜虎は頷いた。

「そうだな。……元々あやかしが忘れかけられている風潮に不満を持っている節はあったが、こんな極端なことをするような人ではなかった。だから不自然に思っていたのだが……。兄上が抱いていたほのかな負の感情を、邪鬼によって増長させられてしまったようだ」

「そうだったのね……」

父親違いといえど、桜虎とは血を分けた兄弟なのだ。

そんな武虎が悪行を起こしていたのは、邪鬼に心を奪われていたせいだと知って、なんだか志乃は救われた気持ちになる。

「う……」

閉じていた武虎の瞳がゆっくりと開く。まだ意識が覚束ないのか、身を起こしながら頭を揺り動かしている。

――そして。

「俺は……何を」

自分のしでかしたことを思い出したのか、武虎は愕然とした面持ちとなった。桜虎はそんな彼の顔を覗き込むと。

「兄上」

「……桜虎。俺は……」

「兄上は邪鬼に取り憑かれて、暴走していただけです」

「邪鬼に……。そうだったのか」

「はい。だから気に病むことはありません」

桜虎は穏やかに武虎に声をかけた。

しかし武虎は、眉間に皺《しわ》を寄せて首を横に振る。

「確かに人間を誘拐したりお前に攻撃を仕掛けたりしたことなどは、俺の本意ではない。だが、愚かな人間共に自分の力を示したい――ねじふせたい、という心がまったくなかったわけではないのだ」

「……はい。存じております」

さっき志乃に説明した通り、すでにそれも理解している桜虎は頷く。

邪鬼は心に存在する小さな負の感情を、増長させてしまうのだから。

すると武虎は神妙な表情になって、桜虎を見つめた。

「……俺はお前が不思議に思えてならない。お前の心がな」

「俺の心、ですか？」

「そうだ。半妖のお前は人からも、あやかし虎の者からも、よく思われない存在だった。橘の者からは『由緒正しい一族にあやかしの血が混ざるなんて』と蔑まれ、あやかし虎たちからは『人間との子供など』と、冷たい言葉を浴びせられていたな」

「えっ……」

武虎の話に衝撃を受けた志乃は、驚きの声を漏らし、口元を両手で覆う。

――桜虎さんが、父方の親族からも母方の親族からもそんなことを言われていただなんて。

あやかしにも人間にも優しい態度を取る桜虎が、まさか両方からそんなむごいことを言われているとは。

桜虎は口を引き結んで、武虎の言葉に耳を傾けていた。

「そんなお前が、どうしてあやかしたちの保護などをしているのだ？　人間の嫁などをもらえるのだ？　――俺がお前の立場だったら、何も信じられぬ。あやかしも、人間も、自分以外のすべてが憎むべき対象になるだろう」

そんな武虎の言葉の後、しばしの静寂が場を支配した。

少し離れた場所では、正光はもちろん、桜虎の父である桜一郎が立っていた。このやり取りを、桜一郎も間違いなく聞いているはずだった。

すると桜虎は「ふっ」と小さく笑みの声を漏らした後、こう言った。

「それは、兄上と、母上と、父上……。あとは正光叔父さんのような、優しい方々のおかげですよ」

「……どういうことだ？」

桜虎の答えが解せなかったようで、武虎は眉をひそめる。桜虎は相変わらず口元を笑みの形にしたまま、こう続けた。

「確かにあやかしにも人間にも、俺は嫌なことをされました。……だけど、あやかしからも人間からも、優しくされたのも事実です。そのおかげで今の俺がある。だから俺は、昔の自分のように寄る辺ない者がどうしても気になってしまうんです」

武虎は驚いたような顔をした。また、志乃も桜虎の言葉には虚を衝かれる思いだった。

桜虎に出会ったばかりの頃、彼にこう言ったことを思い出した。

『人間だから、あやかしだからと、それだけではその方の内面までは測ることはできません』

その後桜虎が、『そうなるとやはり、俺は君と結婚したいと思うのだが』と言ったことも。

——私と桜虎さんは、根底に同じ思いがあったんだわ。出会う前から、ずっと。

愛する夫と、心の奥底から、魂から繋がっているような気がして、志乃は嬉しさがこみ上げてきた。

「……なるほどな」

納得したような顔をして、武虎は呟いた。どこか柔らかい表情になっているように見える。

すると桜虎は、そんな兄に向って不敵な笑みを向けた。

「最後に、兄上にこれだけは言わせてください」

「……なんだ？」

「悪くないですよ、現代の風潮も。あやかしの姿を見ることができなくても、伝説上の生物として崇めている人間はたくさんいますからね」

いつも淡々と話す桜虎が、珍しく冗談交じりの声で言った。

武虎にその戯れの言葉が通じたのかは分からない。彼はどこか気まずそうに顔をしかめると、すっくと立ち上がった。

「……すまなかったな、桜虎。そしてその妻も」

ちらりと志乃の方を一瞥《いちべつ》した後、武虎は身を翻し、屋敷の奥へと消えて行った。桜一郎の拘束から解放されたらしき手下のあやかしが、慌てて彼の後を追う。

――すると。

「なかなか度胸もあるし、機転も利く娘ではないか。……腹が立つほど女の趣味が似ているな」

これまでずっと黙って背後に佇んでいた桜一郎の口から、ぼそりと放たれたその言葉。

信じがたく、一瞬聞き間違いかと思った志乃は、目を見開いて彼を見つめてしまった。

桜一郎はそんな志乃の視線を知ってか知らずか、ぽんぽんと服についた埃を落とす。

「もう用はない」

そして、つっけんどんな声音でそれだけ言って、すたすたと屋敷の出口へと向かって行った。

「……まったく。相変わらず素直じゃないな。息子の成長もいい嫁をもらったことも、本当は嬉しいくせに」

遠ざかる桜一郎の後姿を見ながら、苦笑を浮かべて正光は言う。

――やっぱり。桜一郎さんは桜虎さんを愛していないわけじゃないんだわ。弟の正光さんもそれは分かっているみたいね。毛嫌いしている素振りを見せる理由は、結局分からなかったけれど。

舞踏会で鉢合わせした時は、桜一郎の威圧感に震えることしかできなかった。

しかし本当は恐ろしいだけの人ではないと知ることができて、志乃は温かい気持ちになる。

「しかしよかった！　皆無事で！」

正光が桜虎の方へと駆け寄り、喜びの声を上げる。桜虎も表情を緩ませて「そうですね」と答えた。

相変わらず他のさらわれた人間たちは眠っているが、皆丁重に扱われていたとのことだから、きっと怪我もなく元気なのだろう。

正光の言葉を聞いて、ようやく事が一件落着したことを実感し、志乃は安堵の息を漏らした。

「桜虎さん、お怪我は大丈夫なの？」

先ほど武虎の攻撃を食らって桜虎の額から血が流れ出ていたことを思い出し、彼に歩み寄って尋ねる。

すると桜虎は頷いた。

「ああ。妖力を解放してこの姿になると、多少の疲労や怪我は治ってしまう。もう傷跡も残っていないはずだ」

前髪を手で上げて桜虎が額を露にすると、確かに怪我の痕跡は何も残っていなかった。

「えっ、すごいのね妖力って。それにしても、本当に桜虎さんはお強いのね。本気を出したら、虎の姿になったお兄さんですら一瞬でやっつけてしまうんだもの。遊郭の時も、強敵の天狗を倒してしまうし……」

「まあ……。いや、しかし今回は志乃と……父上の手助けがなければ、俺は反撃すらできなかった。志乃のおかげだよ、ありがとう」

思わぬ礼を言われて、志乃は慌てて頭《かぶり》を振った。

「いえ！　そもそも私が人質なんかに取られなければ、こんなことにはならなかったはずよ」

「俺は分かっている。どうせ、橘家のあやかしたちを守るために、志乃が自ら人質になったのだろう？」

得意げに微笑んで桜虎が真実をついてきたので、志乃は大層驚いた。

「え……!?　どうして分かったのっ？」

「なんとなく。君なら、そんなことをやりそうだなと思っただけだ」

――やっぱり、桜虎さんは私のことを分かってくれる。

驚愕とともに、志乃は心の底から嬉しさを覚えた。

自分の深い部分まですでに理解してくれている桜虎に、ますます熱い想いを抱いてしまう。

「志乃、ありがとう。父上を信じて、武器を託してくれて」

「だって、あなたを育ててくれたお父上なんですもの。それだけで信じる理由になるわ」

桜虎と志乃が見つめ合ってそんな会話をしていると、正光が「あー、私は他の誘拐された人間たちの様子でも見て来ようかな」と、苦笑いを浮かべて離れて行った。

どうやら、ふたりがいい雰囲気になっているのを察して、邪魔者は去ろうと考えてくれたらしい。

――ま、正光さん。別にわざわざいなくならなくてもいいのに。

と、志乃が彼に気を使われてしまったことを申し訳なく思っていると。

「ところで志乃。俺のこの姿、怖くないのか？」

桜虎が、珍しくどこか不安そうな声音でそう尋ねてきた。

いまだに桜虎の頭頂部には三角の耳が生え、袴の裾からは縞々模様の尾が伸びていた。

そして美しい双眸《そうぼう》は、ギラリとした光を湛《たた》えている。

間近で見ると、耳も尾も毛並みがとてもきれいで、柔らかそうだった。

――なんて素敵なの。

志乃は桜虎の問いに答えるのも忘れ、思わず自分の足元付近で揺らめいていた尾を触ってしまう。

「……すごくいい手触り。本当にふわふわなのね」

「志乃……？」

いきなり尾を撫でだした志乃に、怪訝そうに桜虎が声をかける。

「あ、ごめんなさい！　つい、触りたくなってしまって……！」

慌ててそう答えると、桜虎は「ふっ」と小さく鼻で笑った。

「つまり、半妖の俺の姿でもまったく怖くはない……ということだな」

「もちろんよ！　むしろ耳も尻尾もとてもかわいいわっ。常にこれでもいいくらいよ！」

志乃は、最愛の夫の体の一部が獣化していることに、愛らしさしか感じなかった。

すると今度は、桜虎は「はははははっ」と大きな声を上げて笑い出す。いつもあまり表情を変えない彼がこんなふうに笑うのを、志乃は初めて目にした。

そしてひとしきり笑った後、桜虎は志乃をまっすぐに見つめて、こう言った。

「やっぱり君を娶《めと》った俺は正しかったのだ。……いま改めて思った」

「……桜虎さん」

「志乃、愛している」

不意に放たれた、これ以上はない愛の言葉に志乃は虚を衝かれる。

そしてしばらくの間、頭の中で何度か反芻して、ようやくその意味を噛みしめた。

「わ、私、も……」

赤面した顔で、やっとのことでたどたどしくそう返した。初心《うぶ》な志乃にしては、相当頑張った方だ。

すると桜虎は志乃の頬に優しく手を添えて、顔を近づけてくる。

志乃が瞳を閉じると、唇に柔らかく、熱く、そしてとても優しい感触がした。

愛する夫との初めての口づけは、やはり気恥ずかしかった。

しかし今まで生きていた中で最大の幸福感を、志乃にもたらしたのだった。

エピローグ　乙女は永遠の愛を誓う

橘家の本邸で、桜一郎は自室から屋敷の中庭を眺めていた。

——あれはもう十年以上前になるだろうか。

妻と共に、息子の桜虎があの場所ではしゃぎ回っていた光景が、ぼんやりと思い出される。

桜一郎は妻であるあやかし虎の女性を、心から愛していた。いや、愛している。離縁してから何年も経った、今現在でも。

彼女はあやかしの中でも妖力が強く、地位の高い者だったようだが、あやかしにも人間にも分け隔てなく気さくに接した。

桜一郎はさまざまなあやかしにそれまで出会ってきていたが、力の強いあやかしは自信に満ち溢れていて、己の力を誇示するうえに、人間を見下す傾向が強かった。

まあ、彼らにかかれば人間など一捻りなのだから、そういう性分になるのも無理はないが。

しかし彼女は一度としてそんな素振りは見せなかった。仲間のあやかしの中に傲慢に振る舞う者がいれば、「あの方、偉そうだから苦手なのよね」と桜一郎に耳打ちするし、親切な人間には「気遣い上手のあの人といると、心が安らぐわね」と屈託なく微笑んだ。

彼女の中では、相手があやかしなのか人間なのかは、まるでどうでもいいらしかった。大切なのは、その者の醸し出す雰囲気や、内面。それが彼女にとって、相手が好ましいかどうかの判断基準だった。

さらに彼女はいつ、どんな場面でも筋が通っていて、まっすぐだった。例え相手がどんな権力者であっても、理不尽な物言いをされた場合は首を縦には振らなかった。そうすることによって、自分が大損する結果になろうとも。後ろ指をさされることになっても。信念に反する行いを、彼女は絶対にしなかった。

何事にも動じずに桜一郎を見つめる、吸い込まれるような大きな瞳は、計り知れない魅力を放っていた。

そんな彼女に心を奪われ、桜一郎は求婚した。結果、見事にその思いは実を結んだ。

しかし人間とあやかしとの結婚には、さまざまな障壁があった。

橘家の一族は、血筋がそうさせるのか、あやかしが見える人間が多い。ゆえに、あやかしに対してほとんど偏見がなく、あやかしの友人を持つ者、使用人として雇う者なども、まったく珍しくなかった。

しかし伴侶としてあやかしを迎えたのは、桜一郎が初めてだった。あやかしとの間に子をもうけたのも。

華族制度ができる前から武家として名高かった橘の血に、あやかしの血が混じるとなれば、あやかしに寛容な一族の者でも黙ってはいないだろう。

桜一郎は婚前からそのことを分かっていた。

だから人前に出る時は、妻には常に人間に化けさせ、正体を悟られないように注意を払っていた。彼女の頭髪の色は金だったが、西洋人だと説明すれば誰も疑う者はなかった。

あやかしと人間との子供である桜虎も、外見が人間にしか見えなかったのも幸いだった。人間の夫婦の間に生まれた、人間の子供として堂々と育てた。

だが、桜虎が生まれて数年が経った時のこと。

子供同士のいさかいで癇癪《かんしゃく》を起こした桜虎が、突然あやかしの力に目覚めた。妖力をたぎらせた桜虎の体に、立派なあやかし虎の耳と尾が生えてしまったのだ。

折悪しくその時は正月で、橘家の親族が本家の大広間で一堂に会しているという状況だった。言い逃れはできなかった。

橘家の一族の大半は、桜一郎を「汚らわしい」と糾弾した。今は亡き桜一郎の父母や、正光を始めとした温厚な親族たちはかばってくれたが、非難する声の方が断然多かった。

それでも家族を愛する気持ちが一切ぶれなかった桜一郎は、妻と桜虎と共に駆け落ちする腹積もりだった。

……だが、妻は出て行ってしまった。

桜一郎が血眼になってあやかし虎の里や、他の心当たりを捜したが、彼女の痕跡すら見つけることはできなかった。

今も妻の捜索を諦めたわけではない。だが、十数年手がかりすら見つかっていない状況だ。

妻がいなくなってから、桜虎とはなるべく顔を合わせずに過ごした。

いつしか、妻が残していった桜虎を以前のように愛せなくなってしまったから。

……いや、愛していないわけではない。ふとした瞬間に、愛しいという気持ちが湧いてくることもある。

だが、妻と瓜二つであるあの美しい双眸《そうぼう》を見ると、妻を彷彿とさせる艶やかな茶褐色の髪が風に靡《なび》くと――どうしてもやるせなさを覚えてしまい、桜虎に冷たく当たるようになってしまった。

父に嫌われていると察した桜虎も高等科を卒業した後、別邸へと住まいを移し、ほぼ没交渉が続いている。

我ながら理不尽だと思う。桜虎は一切悪くないというのに。しかし、愛してやまない妻との別離が、息子の顔を見る度に思い起こされてしまうのだ。……どうしても耐えられなかった。

だが、しかし。

——いい伴侶を見つけたようだな。

志乃という、あやかしの見える人間の娘。外見は絶世の美女だった自分の妻には似ても似つかない平凡な女だったが、まっすぐにこちらを見つめてくるあの瞳には、はっとさせられるものがあった。

にじみ出る芯の強さ、ひたむきさは妻を彷彿《ほうふつ》とさせた。

だからあの時、こう言ったのだ。「腹が立つほど女の趣味が似ているな」と。

「……祝い品くらいはくれてやるか」

かつて、家族三人幸せに過ごした光景が思い浮かぶ中庭を見ながら、桜一郎はひとり呟いた。

桜虎の兄である武虎とのいざこざが終わって、数日が経った。

武虎に誘拐された数十名の人間たちは、全員の身元を調べるのに時間を要しそうだったので、彼らが眠っている間に帝都の外れに置いてきた。

すぐに警察が彼らを発見したようで、次の日の新聞の一面には「行方不明者　全員無事発見」の見出しが踊った。

何日も桜虎と志乃の頭を悩ませていた問題が解決し、ふたりは安堵した。

しかしずっと張り詰めていた緊張の糸が切れたのか、ふたりの体を猛烈な疲労感が襲った。

それでここ数日、ふたりは橘の別邸でのんびりと静養することにしたのだ。

おいしい食事を三食共にし、居間や中庭で読書をしたり、茶菓子を味わったりと、まるで隠居生活のような穏やかな時を共に過ごした。

また、先日志乃がひとりで採寸を行ったウエディングドレスがついに完成したので、それを桜虎に見守られながら試着した。

桜虎は『かわいすぎる。まるで天使でも舞い降りたのかと思ったよ』などと、いつものように何度も甘いことを言うので、志乃は赤面してばかりだった。

さらに結婚式当日に皆で食べる料理のメニューや、飾り付けなども桜虎と一緒に考え、式の予行演習もした。やっとふたり揃って式の準備ができて、志乃はとても幸せだった。

そして、ふたりにようやく活力が戻った今日。

屋敷の中庭には、屋敷中のあやかしと彼らの長である桜虎、そしてその妻の志乃が一堂に会していた。

桜虎は、新調した紋付袴を。そして志乃は、裾や袖にたくさんのフリルがあしらわれた純白のドレスを身にまとっている。

桜虎と父が折り合いが悪いため、結婚式は屋敷に住まう者だけで行うことにしようと、ふたりで相談して決めていた。

しかし、遊郭での出来事や武虎との騒動によって、ずっと先延ばしになっていた。

だがやっと事が落ち着いて、本日は大安吉日。空は雲ひとつない晴天。最高の日取りで、桜虎と志乃の結婚式が行われようとしていた。

あやかしたちがいつも手入れをしてくれている、たくさんの花々が咲き乱れた花壇の前にふたりは立つ。

「志乃！　すっごくきれいだよ〜！」

「桜虎さまもかっこいいにゃあ〜」

「おふたりとも最高の花婿と花嫁だよっ！」

麗羅、柳、木葉が祝福の声を浴びせてくれる。他のあやかしたちからも「おめでとうございます！」という祝いの言葉がひっきりなしに聞こえてきた。

「ふふっ。みんな、今日はありがとう」

と、志乃が満面の笑みを浮かべて皆に答えていると。

「志乃。本当に今日の君はきれいだ」

傍らに立つ桜虎が、まっすぐに見つめながら躊躇《ちゅうちょ》する素振りも見せずに、いつものように甘い言葉を吐いてくる。

――あ、相変わらず、臆面もなくそういうことを言ってくるんだから。

志乃は性懲りもなくドキドキしてしまった。いつも焦っているのは自分ばかりな気がして、なんだか悔しくなってしまう。

「そのかんざしもとてもよく似合っているな」

「そう？　嬉しいわ。……さすがはお義父さまね」

ひとつに結わえられた志乃の髪は、大きな真珠のついた銀製のかんざしで彩られている。

なんとこのかんざしは、桜一郎から贈られた品だった。

お祝いの文もなく、ただ箱に入ったかんざしだけが桜虎の屋敷に送付されてきたのだが、一目で高価と分かる真珠を見て、志乃は、これは桜一郎からの結婚祝いなのだろうと考えることにした。

――お義父さま、ありがとうございます。いつか、あなたと桜虎さんが顔を合わせて微笑み合える日が来ますように。

かんざしに軽く触れ、志乃は密かにそう祈る。

「ああ。志乃のかわいさがますます引き立てられている。こんな良い物を贈ってくれた父上には感謝しかない」

いい加減真顔でそんなに褒めないでほしい。絶世の美男子に愛を囁かれ続けた志乃の心臓は、もはや限界に近い。

「お、桜虎さんも。今日はとても凛々しくて素敵よ」

精いっぱい同じような褒め文句を返すけれど、照れてしまいやっぱり言葉尻がたどたどしくなってしまった。

すると桜虎は「ふっ」と小さく笑い、志乃の髪を優しく撫でる。温かい感触に、さらに志乃の心音は速くなるのだった。

「そういう、いちいち恥ずかしがるところが本当に愛らしいな志乃は。実は俺は毎回心をくすぐられている」

「えっ、そうなの？　いい加減、私慣れたかったんだけれど……」

「慣れなくていい。そのままで」

やけにはっきりと、桜虎は断言した。

「そ、そう？」

なぜそんなに強く主張するのかわからなかったけれど、桜虎がそう望むのならそれでいいのか……と、志乃は思う。

──それにしても。私、少し前までは九条家で貴子さんにいびられながら毎日暮らしていたのよね。あの頃からは想像できないような日々を今は送っているわ……

九条家で暮らしていた時は、ただ目立たないように、貴子の逆鱗に触れないようにと毎日息をひそめるのに必死だった。

このまま誰かに愛されることもないまま、うだつの上がらない女中として一生を終えるのだろうと信じ込んでいた。

誰かと結ばれる幸せなど、あまりにも自分に縁のない話で、結婚を夢見る瞬間すら皆無だった。

麗羅と柳という心の拠りどころがなければ、とっくに自分の心は死んでいただろう。

しかしそんな自分の手を取って、桜虎は求婚してくれた。

「愛している」と、小さく笑って囁いてくれた。

「私、こんなに幸せでいいのかしら。なんだか信じられないわ」

これまでの出来事を追懐し、感極まった志乃は涙声で言った。

すると桜虎は、どこか不敵に微笑む。

「これくらいでそんなことを言ってもらっては困るな。これからもどんどん志乃は幸せになるのだから」

「えっ……！」

容赦のない甘い言葉に、志乃は涙を引っ込めて赤面した。桜虎はしてやったりと、得意げな顔をしていた。

——まったく桜虎さんってば。心臓が何個あっても足りないわよっ……！

そんなふうにおかしな八つ当たりをしながら、彼を見つめ返す。

——この前、あの辺りに耳が生えていたのよね。

武虎との一戦の際に、妖力を解放した桜虎の頭頂部に、虎の耳が生えていた光景を思い出す。

縞々模様でふわふわの被毛に包まれた耳は、何度思い返しても愛らしさを覚えてしまう。

「志乃、どうしたんだ。俺の頭の上に何かついているか？」

じっと桜虎の頭を見ていたからか、不審に思ったらしく眉をひそめられた。

「い、いいえ。あの……虎の耳はまた生えないのかなあって」

「え？　あれは強敵と戦闘する時など、強い妖力を使う時でないと現れてこないのだが……。そういえば志乃、俺のあの姿をえらく気に入っていたな」

「だってあの耳と尻尾がとてもかわいかったんですもの！　また見られないかしら……って、敵対する強敵なんてそうそう現れないわよね。無茶なお願いをしてごめんなさい」

と、苦笑を浮かべて志乃が言うと、桜虎は頬を緩ませた。そして今までよりも熱っぽい視線を志乃に向ける。

「……見せてやろうか」

「えっ、いいの？」

「ああ。……今夜、寝所で」

ぼそりと付け足された後半の言葉に、驚いた志乃は目を見開く。

そして、今夜桜虎との間に起こりえることをぼんやりと想像して、俯いてしまうも
──

「は、はい」

と、やっとのことで小声で答えた。

──すると。

「きゃっ⁉」

勢いよく桜虎が志乃を抱き寄せてきた。そして、志乃が何事かと混乱している間に、なんと彼は口づけをしてきたのだ。

「きゃー！　桜虎さまやるぅ！」

「ふたりとも本当におめでとうございますー！」

湧き上がるあやかしたちから、興奮したような声が次々に聞こえて来た。その間も、

桜虎の唇の熱さしか志乃は感じられなくて、もうわけが分からない。

そしてしばらくして唇が解放されてから、やっと志乃は我に返った。

皆の前で桜虎と口づけをしたことは気恥ずかしくてたまらなかったが、それと同時に感じたのは心の奥底から溢れ出てくる、幸福。

志乃はたまらなくなり、桜虎に自ら抱き着いた。

「桜虎さん。これからも末永く、よろしくね」

「――ああ。こちらこそ」

見つめ合ったふたりは、あやかしたちに囲まれながら今一度唇を重ねたのだった。

あやかしと人間が共存する天河村《てんかわむら》。就職活動がうまくいかなかった大江鈴《おおえすず》は不本意ながら実家に帰ってきた。地元で心が安らぐ場所は、祖母が営む温泉宿『いぬがみ湯』だけ。しかし、とある出来事をきっかけに鈴が女将の代理を務めることに。宿で途方に暮れていると、ふさふさの尻尾と耳を持つ見目麗しい男性が現れた。なんと彼は村の守り神である白狼『白妙《しろたえ》さま』らしい。「ここは神たちが、泊まりにくるための宿なんだ」突然のことに驚く鈴だったが、白妙さまにさらなる衝撃の事実を告げられて――!?

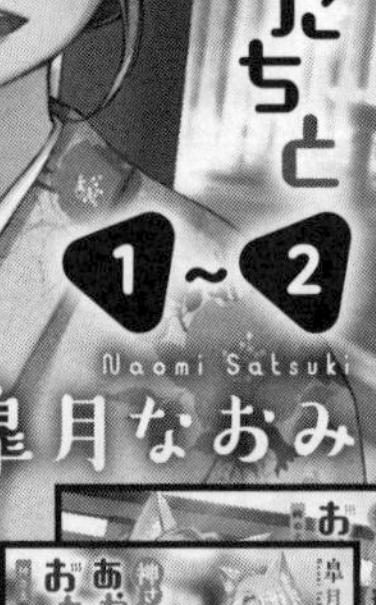

◎定価:各726円(10%税込み)

◎illustration:志島とひろ

主神によって、地上に降り増長した国を滅ぼすよう命じられた、ぐうたらな狐の従属神・末喜《モオシイ》。渋々とお仕事に取りかかろうとしていた彼女は地上で滅ぼすべき国・夏の王子である癸《ダィ》と出会い、なんと一目惚れをされてしまう。一度は彼を撒き、夏の後宮へ潜り込んで国を滅ぼす算段を立てていた末喜だが、その後も何かと癸に関わるはめになったり、夏の大王の寵姫として我が物顔に振舞う従属神・妲己《ダァジィ》と争ったりする間に計画はあらぬ方向へ向かい……
異彩の中華ファンタジー、開幕！

◉定価：726円（10%税込）　◉ISBN:978-4-434-33470-2　◉Illustration：トミダトモミ

私を憎んでいた夫が突然、デロ甘にっ!?

初恋の皇帝に嫁いだところ、彼に疎まれ毒殺されてしまった翠花。気が付くと、彼女は猫になっていた!　しかも、いたのは死んでから数年後の後宮。焦る翠花だったが、あっさり皇帝に見つかり彼に飼われることになる。幼い頃のあだ名である「スイ」という名前を付けられ、これでもかというほど甘やかされる日々。冷たかった彼の豹変に戸惑う翠花だったが、仕方なく近くにいるうちに彼が寂しげなことに気づく。どうやら皇帝のひどい態度には事情があり、彼は翠花を失ったことに傷ついているようで——

イラスト:ノクシ

定価:726円(10%税込み)　ISBN 978-4-434-33361-3

もう離すまい、俺の花嫁

家では虐げられ、女学校では級友に遠巻きにされている初音《はつね》。それは、異能を誇る西園寺侯爵家のなかで、初音だけが異能を持たない「無能」だからだ。妹と圧倒的な差がある自らの不遇な境遇に、初音は諦めさえ感じていた。そんなある日、藤の門からかくりよを統べる鬼神——高雄《たかお》が現れて、初音の前に跪《ひざまず》いた。「そなたこそ、俺の花嫁」突然求婚されとまどう初音だったが、優しくあまく接してくれる高雄に次第に心惹かれていって……。あやかしの統領と、彼を愛し彼に愛される花嫁の出会いの物語。

定価:726円(10%税込み)　ISBN :978-4-434-33087-2

イラスト:ザネリ

この作品に対する皆様のご意見・ご感想をお待ちしております。

おハガキ・お手紙は以下の宛先にお送りください。

【宛先】

〒150-6019 東京都渋谷区恵比寿4-20-3 恵比寿ｶﾞｰﾃﾞﾝﾌﾟﾚｲｽﾀﾜｰ 19F
(株) アルファポリス　書籍感想係

メールフォームでのご意見・ご感想は右のＱＲコードから、
あるいは以下のワードで検索をかけてください。

アルファポリス　書籍の感想　検索

ご感想はこちらから

アルファポリス文庫

大正《たいしょう》あやかし契約婚《けいやくこん》
～帝都《ていと》もののけ屋敷《やしき》と異能《いのう》の花嫁《はなよめ》～

湊 祥（みなと しょう）

2024年 2月 25日初版発行

編　集－大木 瞳
編集長－倉持真理
発行者－梶本雄介
発行所－株式会社アルファポリス
〒150-6019 東京都渋谷区恵比寿4-20-3 恵比寿ｶﾞｰﾃﾞﾝﾌﾟﾚｲｽﾀﾜｰ19F
TEL 03-6277-1601（営業） 03-6277-1602（編集）
URL https://www.alphapolis.co.jp/
発売元－株式会社星雲社（共同出版社・流通責任出版社）
〒112-0005 東京都文京区水道1-3-30
TEL 03-3868-3275
装丁イラスト－櫻木けい
装丁デザイン－AFTERGLOW
印刷－中央精版印刷株式会社

価格はカバーに表示されてあります。

落丁乱丁の場合はアルファポリスまでご連絡ください。

送料は小社負担でお取り替えします。


ISBN978-4-434-33471-9 C0193